旅立ちの空　お江戸縁切り帖

泉　ゆたか

集英社文庫

目次

旅立ちの空　お江戸縁切り帖

第一章 熊蔵

1

糸《いと》は熊蔵《くまぞう》とまっすぐに目を合わせた。

保土《ほど》ケ《が》谷宿《やしゆく》の中にある、帷子橋《かたびらばし》だ。

旅支度の糸は、息を呑《の》んで熊蔵の顔を見つめた。

添い遂げると約束をしたはずの熊蔵を追って、はるばるここまでやってきた。熊蔵の胸の内を知りたくて、そして己の胸の内を確かめたいと思った。

しかし実際にその顔を目にすると、すぐには言葉が見つからず、喉元《のどもと》でぐっと呻《うめ》くことしかできなかった。

帷子橋の下では、先日の雨のせいで水かさの増した川の流れが、冷たい水飛沫《みずしぶき》を跳ね上げる。

「お糸さん、どうしてここに……？」

熊蔵が額に手を当てた。もう片方の手は、息子の熊助《くますけ》としっかり結ばれている。

まさか糸がここにやってくるとは思いもしなかったのだろう。

熊蔵がかつて情を交わした美和《みわ》との間には、熊蔵自身も知らされていなかった子、熊助が生まれていた。

熊蔵と添い遂げようと決めたすぐ後に、息子の熊助の存在を知った糸は、その事実をどう受け止めるか悩み苦しんだ。

きっぱり身を引くと言い張る美和、そして父を求めてやまない熊助にさんざん翻弄された挙句、熊蔵は母子を追って帷子町へ向かったはずだった。

糸はごくりと唾を呑む。

「私、熊蔵さんと話をしに――」

「駄目！　駄目、駄目！　駄目って言ったら駄目ーっ!!」

糸が言い終わらないうちに、熊助の赤ん坊のような金切り声が響き渡った。

熊助がその場で無茶苦茶に足を踏み鳴らす。

「お糸さん、やめて、お願い！　おとっつぁんを連れて行かないで。おいらのおとっつぁんなんだ。大事なおとっつぁんなんだ！」

五つの熊助は父親に縋《すが》りつくようにして、声を上げて泣き崩れた。

「く、熊助。ちょっと待て。落ち着け」

熊蔵ははっと我に返ったように、父親の顔に戻った。

「お糸さん、済まねえ。後でこいつがいないところで話そう」

「ええ、もちろんです」

糸も慌てて頷《うなず》いた。

「やめて！　駄目！　おとっつぁん、いなくなっちゃ嫌だ！」

大人たちがいくらその場を取り繕おうとしても、熊助は取り乱したままだ。

――やはり私はここへ来てはいけなかったんだわ。

糸は胸の内で広がる言葉に、奥歯を嚙《か》み締めた。

熊蔵が美和に、男女の情を残してはいないことはわかっていた。熊蔵にとってはすべてもう終わった、昔のことだった。糸を裏切ったりなどするつもりは毛頭なかったということも納得した。

だがそれはすべて大人の都合だ。

美和が隠れて産んだ熊蔵の子、熊助にとって、己の生は〝昔のこと〟だなんて、納得がいくはずがない。

死んだと言われていた父が生きていたというならば、これからずっと家族三人で暮らしたいと願うのは無理もない話だ。

「熊助ちゃん」

糸が落ち着いた声色で言うと、熊助の目に救いを得たような光が宿った。

「急に現れてごめんなさい。驚かせてしまったわね」

屈《かが》み込んで熊助と目を合わせ、懐から取り出した手拭いで頰の涙を拭いてやった。

「お糸さん、約束してよ。もう来ないで。お願いだから」

熊助が身を乗り出す。

これでは誰がどう見ても、私が子供から父親を奪う悪者だ。糸は胸の痛みを堪《こら》えて俯《うつむ》いた。

「熊助、止《や》めろ。大人の話に首を突っ込むな」

熊蔵が低い声で言った。

熊助は、父親からぴしゃりと叱られたことに驚いたのだろう。急にしゅんとした顔をした。

今度は「ううう」と呻いて、唇を嚙み締めて泣く。

「うるさい、泣くな！　男だろう」

熊蔵が口元を引き締めて言い放つ。

「熊蔵さん、止めて。熊助ちゃんは悪くないわ。私、ひとまず今日は帷子町に宿を取ります。話はまた改めてということにしましょう。熊助ちゃん、ほんとうにごめんなさいね」

せっかく父親と過ごしていた楽しいひと時を、私が邪魔してしまった。

そう思うと、申し訳なさに胸が張り裂けそうになる。

美和と熊助が現れるまで、熊蔵は一心に糸を想《おも》ってくれていた。

生まれて初めてのことに、最初は大いに困惑した。けれど熊蔵と共に過ごし語り合ううちに、誰かに誠実に想われることの嬉《うれ》しさを知った。

熊蔵とならばつつましくも心穏やかな暮らしができるに違いない、熊蔵に守られて安心して生きることができるかもしれないと、その気持ちを受け入れると決めたのだ。

けれど、私の心が定まっていないことを、きっと遠い空の向こうで縁結びの神さまに見透かされてしまったに違いない。

熊蔵との縁は終わりだ。一刻も早くそれだけをきちんと告げて帰ろう。

こんなに父を想う熊助を悲しませてまで、熊蔵と生きる先行きなんて私にはあり得ない。

何よりも、すっかり熊助の父親らしい姿に変わっている熊蔵の姿は、胸に応えた。

はるばるここまでやってきたが、うすうす思っていたことを改めて確かめることになっただけだった。いったい私は何をやっているんだろう。

「そう、そうだな。帷子町の宿って話なら、三ツ輪の婆《ばあ》さまのところしかねえさ。案内するよ」

熊蔵が強張《こわば》った顔で頷いた。

「三ツ輪の婆さまは、まじないを使うんだよ。怖い、怖ーいまじないさ。泊めた旅人を頭からばりばりーって齧《かじ》って喰《く》うんだ」

「何ですって？」

糸は思わず訊《き》いた。

「熊助、こらっ！　出鱈目《でたらめ》を言うんじゃねえぞ！」

熊蔵が怒鳴った。熊助の頭をぽかんと叩《たた》く。

「出鱈目じゃないさ。おっかさんが言っていたのさ。三ツ輪の婆さまは何でもわかっちまうってね。お糸さん、帷子町は怖い町だよ。三ツ輪の婆さまに喰われちまう前に、早くお江戸に帰るといいさ！」

熊助は叩かれた頭を押さえながら言い張る。

この子は、一刻も早くに私を追い返したくてたまらないのだ。

糸は項垂《うなだ》れた。

「熊助ちゃん、ごめんなさい……」

ここへ来てから、私は幾度謝っただろう。

己の道は己で切り開く。

そんな大きな決意を胸に旅に出てきた。だが、やはり私には、己の道を選び取る勇気なんてないのかもしれない。

ただ人を傷つけず、悲しませずに生きることこそが、私の望むことなのかもしれない。

「熊助っ！　いい加減にしろ！」

ついに熊蔵が雷を落とした。

「うわああん！」

大声で泣き出した熊助の首根っこを摑《つか》んで、ずるずると引《ひ》き摺《ず》っていく。

「お糸さん、済まねえ。三ツ輪の婆さまのところは、この道をまっすぐ行った先さ。ここへ来た旅人はみんなそこに泊めてもらっているから、婆さまも慣れているはずだ。悪いがそこで荷を下ろして、待っていてくんな」

熊蔵が熊助を押さえながら、申し訳なさそうに言った。

「わかりました。えっと、熊助ちゃん、ほんとうに……」

言いかけて、息を吞んだ。

熊蔵に押さえつけられながら運ばれていく熊助が、こちらを見てにやりと笑ったのだ。

2

帷子町は一面に田畑の広がる長閑《のどか》な町だった。

熊蔵に言われたとおりの道をまっすぐ四半刻《しはんとき》（約三十分）ほど進むと、松の木の下に古い家が現れた。

障子が破れ屋根が傾《かし》いで、あばら家と呼びたくなるような荒れ果てた家だった。だが、家の前の畑と松の木は丹念に手入れされているとわかる。松の木の根元にあるお地蔵さまには、真新しい赤いよだれかけが括《くく》りつけられ野の花がお供えされていた。

「失礼します。どなたかいらっしゃいますか」

恐る恐る声を掛けると、中から腰の曲がった老婆が現れた。

両目が白く濁っている。盲目なのだろうか。

覚束《おぼつか》ないながらもまっすぐこちらへ向かってくる足取りからすると、糸の姿がきちんと見えているようにも思えるが。

老婆の手には、鈍い光を放つ三つの金輪が嵌《は》められていた。

「旅の方だね。待っていたよ」

「三ツ輪の婆さまというのは、あなたですか？」

「ああそうさ。私が三ツ輪の婆《ばば》だよ。あんたは確か、お糸っていったね？　奥の部屋を好きに使っておくれ」

「どうして私の名を……」

まだ名乗っていないはずだ。

糸は目を見開いた。

「泊めた旅人を頭からばりばりーって齧って喰うんだ」なんて熊助の脅し文句が、ちらりと胸に蘇《よみがえ》る。

「私は生まれつきとんでもなく耳が良いんだ。知りたくもないことに限って、どんなに遠くからでも聞こえてくるんだよ」

三ツ輪の婆さまは白く濁った目を天井に向けて、耳に手を当ててみせた。

天井の板がそれを見計らったようにみしりと鳴る。

「そ、そうでしたか」

不気味に思ったとしても、帷子町で泊まれるところはここしかない。

糸はどうにか気持ちを切り替えて、

「短い間ですがお世話になります」

と頭を下げた。

――短い間。きっとほんとうにそうだわ。明日にでも私はこの町を出て行かなくちゃ。

もう胸は決まっていた。熊蔵との縁切りを済ませるために縁切り状を書くには、きっと半刻（約一時間）もいらない。

明暦《めいれき》の大火（一六五七年）の後に身を寄せた長屋の一室で、糸は〝縁切り屋〟を営んでいた。

当初は代書屋をしていたが、客の縁切り状を書いて欲しいという求めに応じたところ、噂《うわさ》を聞きつけて次々に縁切りの客が訪れるようになった。

糸には、縁切り状を送られた相手の胸に残ったものが視《み》えてしまう。

この仕事を始めてから知ったことだった。

通された奥の部屋は、狭くて古く、おまけに埃《ほこり》っぽいところだった。部屋の四隅には、主のいない蜘蛛《くも》の巣が半分破けてぶら下がっている。

荷を置いて旅の支度から普段の小袖《こそで》に着替えたら、少しだけ心持ちが軽くなった。

障子を開いて外を眺める。

一面に広がる田畑。秋の始まりの抜けるように青い空に、蜻蛉《とんぼ》が飛び交う。

ここはお江戸とも、これまで歩いてきた宿場町とも違う。

己の息遣いの音が聞こえるような静かなところだ。

ほんの微《かす》かに風の向きが変わるだけで、耳元で川の流れのような風の音が響くことに初めて気付いた気がした。

これほど静かなところならば、三ツ輪の婆さまが、離れた帷子橋のあたりでの糸と熊蔵、そして熊助との騒動を聞きつけた、ということもひょっとするとあり得るのかもしれない。

しばらくそうしてぼんやりしていた。

「よしっ、そろそろ、やらなくちゃいけないことがあるわね」

糸は荷を解いて、中から硯《すずり》と筆、それに紙を取り出した。

縁を切りたいと望む相手に縁切り状を書くための、大事な商売道具だ。

部屋の隅に置かれていた木箱を文机《ふづくえ》代わりに、筆を執る。

「熊蔵さん……」

己が書ける限りでいちばん綺麗《きれい》な字で、熊蔵の名を書いた。

「私は決して熊助ちゃんを悲しませることはしたくありません。私たちにはご縁がなかったと思うことにいたしましょう。これまで、ほんとうにありがとうございます。どうぞお美和さんと熊助ちゃんと、末永くお幸せに」

小さな声で呟《つぶや》きながら、さらさらと書き上げた。

己の書いた文を見つめる。

縁切り状、なんて厳《いか》めしい名には少しも似つかわしくない、あっさりした文だ。

でもこれこそが、今の私の胸の内だ。

熊助を傷つけずに済んでほんとうに良かった。熊蔵が糸を忘れ、美和と熊助と共に幸せになってくれれば、それに勝ることはない。

――熊助ちゃん。

ふいに心ノ臓にぽつんと雨だれが当たったような気がした。

不穏なものが胸を過《よぎ》った。

別れ際の熊助の、糸のほうを見てにやりと笑った顔を思い出す。

「き、気のせいよ。あれは見間違いだわ」

そうだ。見間違いだ。

だがしかし見間違いだというならもっと嫌な話だ。ただ父を求めて泣いているだけの純真な熊助が、私にはそんなふうに見えてしまったということなのだから。

糸は思わず己の胸に手を当てた。

渦巻くもやもやとしたものを取り去ろうとするように、両手を胸に強く押し当てる。

大きく首を横に振った。

目を閉じて、息を吸って吐いて。心ノ臓の鼓動をどうにか抑えようとする。

目を閉じたら、急に耳がよく聞こえた。

風の音。遠くの鳥の鳴き声。三ツ輪の婆さまが炊事場で煮炊きをしている物音。すべてがくっきりと聞こえる。

ふと、砂利を踏む音が聞こえたような気がした。

もっと耳を澄ます。

間違いない。これは足音だ。

糸の部屋を目指して、誰かがゆっくり忍び足で歩いてくる。

熊蔵がやってきたのだろうか？　それとも……。

「きゃあっ！」

心ノ臓が止まるほど驚いた。

いったい何が起きたのかがわからなくて、己の全身を確かめるように触る。

髪や着物がざらついていた。

砂だ。

誰かが窓の向こうから、砂を握って糸に投げつけたのだ。

「……でもまさか、そんなことってある？」

糸は慌てて草履を履いて、表に飛び出した。

己の部屋の窓のあたりに近づいたそのとき、再びざっという音が響き渡った。

「痛いっ！」

今度は目の中に砂が入ってしまった。

いったい誰の仕業なのだろうとすぐに追いかけたいのに、目が痛くてたまらず動くことができない。

足音が一目散に遠ざかっていくのがわかる。

「何だい。騒々しいね。どうかしたかい？」

三ツ輪の婆さまの声が聞こえた。

「すみません。砂が目に入ってしまって、痛くて動けなくなってしまったんです」

糸は目元を押さえながら、どうにかこうにか答えた。

「顔を洗うといい。水を用意するよ」

「ありがとうございます。あの、三ツ輪の婆さま……」

一目散に逃げて行った人影はいったい誰だったんでしょう?

訊きかけて、糸は口を閉じた。

たったっと走る小さな鋭い足音。あれは間違いなく子供のものだった。

「何だい?」

「い、いえ。何でもありません」

糸は首を横に振って、深いため息をついた。

3

事は早いほうがいい。

水桶《みずおけ》で目を洗った糸は、身体《からだ》を休めるのもそこそこに出かける支度をした。

「三ツ輪の婆さま、お美和さんと熊助ちゃんの住まいをご存じでしょうか?」

三ツ輪の婆さまは、何もかもわかっているかのように頷いた。

「ああ、もちろんさ。けれど熊蔵はそこにはいないよ。あの男はこの町に来てから、ひとり林の奥の小屋で寝泊まりしているさ」

「えっ?」

熊蔵は美和と熊助と一緒に、家族として暮らしているとばかり思っていた。

「そういうところは、きっちりしたい男なんだろうさ。早く行ってやりな」

そう言って三ツ輪の婆さまは、濁った目で糸をじっと見た。

糸は教えてもらったとおりに、懐に縁切り状を携えて町はずれの林へと向かった。

熊蔵に会ったら、何も言わずにこの縁切り状を渡して帰って来よう。

「これでいいのよ」

己の足元を見つめながら、糸は言い聞かせた。

「私は、もうこれがいちばん良い形だと思うわ」

ふいに小石がこつんと鳴った。

「えっ？」

足を止めて振り返る。

再び小石が飛んできた。今度は脛《すね》に当たる。

藪《やぶ》の中から糸を狙《ねら》って小石を投げている者がいるのだ。

「ちょ、ちょっと、やめて！」

先ほど砂をかけられた時よりも、ずっと真剣な声が出た。

道はもうあと少しで林に入ろうとしている。周囲には誰もいない。助けを求めることはできない。

「いやっ！」

今度は子供の拳の大きさの石が投げつけられた。慌てて飛び退《の》いたが、もしも命中していたらひどい怪我《けが》をしていた。

がつんと不穏な音を立てて落ちる拳の大きさの石を見たら、急に怖くなってきた。

同時に、どうしてこんな目に遭わなくてはいけないのだという気持ちにもなる。

やられっぱなしではいられない。

「やめてって言っているでしょう!」

糸は足元の砂利を摑んだ。

藪に向かって力いっぱい投げつける。

ざざっと、夕立の雨だれのような音が周囲に響いた。

「いてっ!」

甲高い悲鳴。

熊助の声だ。

「熊助ちゃんね!　どうしてこんなことをするの!」

糸が藪に近づいた途端、中から熊助が脱兎《だっと》のごとく飛び出してきた。

糸を突き飛ばして林の道へ逃げ込む。

「熊助ちゃん、待ちなさい!」

糸も全力で駆け出した。

林の道を、熊助の背を追いかける。

「ついてくるなよっ！」

振り返った熊助が、小鬼のような顔で糸を睨《にら》む。

まだ五つの幼い子だ。しかし幼いなりに、精一杯敵意を見せつけるように拳を振り回す。

これまで知っていた不憫《ふびん》な熊助とはまったく違う姿に、糸は思わず息を呑んだ。

「あっちに行けったら！」

糸が臆したのが伝わったのか、熊助がこちらを挑むように見て足を止めた。

懐をがさがさやったかと思うと、何かを投げつけてきた。

黒っぽいものが糸の肩にぽん、っと音を立ててぶつかる。

また石かと思って身体を強張らせたが、もっとずっと柔らかいもののようだ。

「えっ？　これは何……？　きゃあ!!」

熊助が投げつけたのは、大人の掌《てのひら》ほどの大きさの蜘蛛だ。

真っ黒で太い手足。柳の芽のように細かい毛が身体中にびっしりと生えている。

「いやっ！　やめて！」

悲鳴を上げて蜘蛛を払い落とす。

こんな大きな蜘蛛、これまで見たことがない。熊助が探し回って見つけた、とっておきの宝物に違いない。

「ちっ！」

舌打ちの音。

「熊助ちゃん、あなた……」

改めて思う。目の前で、まるで山賊のように顔を歪《ゆが》めているのはまだ幼い子だ。

大人に向かって砂をかけ、石をぶつけ、蜘蛛を投げつけるなんて。なんて子だ。

糸の腹にぐぐっと怒りが湧《わ》き上がった。

目の前にいるのは可愛《かわい》らしくもなければ純真でもない、哀れでもなければ不憫でもない、ただの手が付けられない悪餓鬼だ。

「それじゃあ次は……」

熊助が不敵な笑みを浮かべて懐に手を入れた。つるりとした尾っぽに、ぬらぬらと光る鱗《うろこ》。

「やめなさいーっ！」

それはどう見ても絶対に蛇だ。糸は甲高い声を上げた。

怖くて思わず出てしまう悲鳴ではない。泣き声でもない。

怒りを存分に込めた怒鳴り声だ。

糸の剣幕に、熊助がびくりと身を強張らせたのがわかった。

先ほどの糸を嘲笑《あざわら》うような姿とは明らかに違った様子で、熊助が駆け出す。

「待ちなさいっ！」

糸は鼻息荒く追いかけたが、熊助の姿は林の中に紛れてしまった。そのとき、熊助の「うわああっ！」という叫び声、続いてぼちゃんと水の跳ねる音が聞こえた。

4

「熊助ちゃん!?」

水音のしたあたりに駆け付けると、そこには大きな水たまりができていた。窪地《くぼち》だったところに先日の雨のせいで、水が溜《た》まったのだろう。泥水の中に藻が漂い、色の変わった落ち葉と木片が浮いていた。

大きな蛙《かえる》が飛び上がって逃げる。そして蛇としか思えない嫌な気配が、しゅるりと草むらに潜り込む。

熊助はそんな身の毛の弥立《よだ》つような水たまりの真ん中で、頭からぽたぽたと水滴を落としながら腰を抜かしていた。

幸い水の深さは、熊助の腟のあたりのようだ。

「そこにいなさい。今、助けに行くわ」

心底ほっとしつつ、糸は窪地へ向かう坂道をそろりそろりと下りていく。

林の中の地面は、泥の中に足が沈みそうなくらいぬかるんでいる。

幾度も足を取られそうになりながら、どうにかこうにか水たまりに辿《たど》り着いた。

「……熊助ちゃん、こちらへ歩いて来られる？」

泥水の中の熊助を前に、糸は訊いた。

熊助は黙って首を横に振る。口をへの字に曲げて涙を堪える顔をする。

「そうよね。わかったわ。任せておいて」

つまり熊助を助けるためには、この気味悪い泥水の中に入らなくてはいけないということだ。

そんなの嫌に決まっていた。しかし、もしも熊助が怪我をしているならば、一刻も早く助け出してやらなくてはいけない。

「お糸さん……。早く、助けに来て……」

熊助が震える泣き声を出した。

眉が八の字に下がっている。心細いに違いない。

「もちろんよ。すぐに行くわ」

熊助のその様子を見た途端、むくむくと勇気が湧いてくる。

草履を脱ぎ捨て、着物の裾をたくし上げ、泥水の水たまりに足を踏み出した。

一歩歩くごとに足の裏に泥がねちょりと絡みつく。蛙か蛇か蜥蜴《とかげ》か。はたまた蛭《ひる》か。

気味の悪い何かがうごめいているのがわかる。

糸の腕にざっと鳥肌が立つ。しかし奥歯を力強く噛み締めて、一歩一歩前に進む。

「熊助ちゃん、もう大丈夫よ」

ようやく熊助に手を差し伸べたそのとき、糸ははっとした。今にも泣き出しそうだった熊助がこちらに向き直る。

にやりと笑った。

「えっ！　嘘《うそ》でしょう!?」

熊助が、泥水をばしゃんと糸の顔に浴びせかけたのだ。

「帰れっ！　おとっつぁんに近づくな！」

「ちょっと熊助ちゃん、なんてことするの!?　私、あなたを助けに来たのよ？」

水飛沫の中で、糸は悲鳴に近い声を上げた。

熊助の勢いは止まらない。

まるで大雨の中の水車のように手を無茶苦茶に振り回し、糸に水を浴びせ続ける。

いったいどうしてこんな目に遭わなくてはいけないのだ。生まれてからずっと会ったことのない父を想い続けていた、健気《けなげ》で哀れな熊助はどこへ行ったのだ。皆で守ってやらなくてはいけない、と思った子はいったいどこへ消えたのだ。

熊助がこんな乱暴者だったならば、可哀《かわい》そうだなんて思ってやる必要は少しもなかった。

私が身を引くべきだと、静かに胸に言い聞かせていたのに。

「やめなさい!!」

糸は腹の底から声を出した。

熊助の腕を強く摑んで、抱き上げた。

「放せ！　放せ！」

無茶苦茶に暴れ回る熊助を水から引き揚げて、ぬかるみに引きずっていく。

熊助の肩を摑んで顔を覗《のぞ》き込む。

「どうして私にこんな酷《ひど》いことをするの？　私がいったい何をしたって言うの？」

「おっかさんと決めたんだ。二人で力を合わせてお糸さんを追い出そうってね」

ぎくりとした。

江戸では物分かり良く、私たちは身を引くと言い続けていた美和の姿を思い出す。

まさかあの美和が、熊助にそんなことを言っていたなんて。

「そうだったのね。おっかさんは、やっぱり熊蔵さんと一緒になりたかったのね」

乱れる胸の内をどうにか建て直して言った。

「そんな難しい話は知らねえよ！　おっかさんは、おとっつぁんのことが大好きなのさ！　家族三人で、一緒に暮らしたいんだ！」

熊助が胸を張って言い切った。

「なのにお糸さんは、おいらのおとっつぁんを取ろうとしただろう？　おとっつぁんは、おいらのおとっつぁんだ。おっかさんのおとっつぁんだ！」

「取ろうとなんてしていません！　むしろ私は、熊助ちゃんのためを思って、身を引いてあげようとしていたのよ？」

売り言葉に買い言葉で、思わず口に出してしまってからはっとした。

こんな恩着せがましいことを五つの子に言っているなんて。

「そんなの知らねえよ！」

熊助が犬のように鼻に皺《しわ》を寄せて唸《うな》った。

糸は熊助と見つめ合った。

「……熊助ちゃん、あなたって憎たらしい子ね。こんな酷いことをして」

糸の髪は解《ほつ》れてびしょびしょに濡《ぬ》れて、着物は泥塗《どろまみ》れ。何ともひどい有様だ。

「ああそうだよ！　おいらは、いつだってどこだっておっかさんの味方さ！　お糸さんを追い返すためなら何だってするさ！」

熊助が鼻の穴を広げて胸を張った。

澄んだ黒い目がこちらをじっと見つめている。

糸は小さく息を吐いた。

「熊助ちゃん、ありがとう。あなたのおかげで心が定まったわ」

糸は熊助の小さな身体をしっかり抱き締めた。

熊助は緊張しているのか、微動だにしない。

こんなに小さいのに、底知れぬ力の漲《みなぎ》る熱い身体だ。

可愛らしく健気で哀れなだけではない。少しでも気を抜けば、泥を顔にぶつけられるかもしれない、急に蹴りを入れられるかもしれない、噛みつかれるかもしれない。

人というのは、こんな小さな子供の中にも、傍《はた》から見ているだけでは決してわからない様々な想いが詰まっているのだ。

一度は添い遂げると決めた熊蔵と縁を切る。私はそのことを甘く考えていた。

己の胸の内には蓋をして、耳触りの良い言葉を使ってこの場の面倒ごとから逃げようとしていた。

「おいらのおかげ？」

熊助が不安そうに訊いた。

「ええ。そうよ。けれど、もしも次に私に悪戯《いたずら》を仕掛けてきたら、承知しないわよ。私はおとっつぁんやおっかさんと違って、怖いのよ。やられた分だけ、きっちりやり返すから！　わかったわね？」

糸が低い声で言い睨むと、熊助がひっと怯《おび》えた声を出した。

「は、はい！　わかりました！」

　家まで送ってやろうとしたが、熊助は林を抜けてすぐに一目散に走っていなくなってしまった。

5

　あっと思ったが、糸のほうは、もう疲労困憊《こんぱい》で追いかける力が残っていなかった。

　帰り道は幸い誰にも会わずに済んだ。糸はできる限り急いで三ツ輪の婆さまの家に戻った。

「湯を沸かしておいたよ。家に上がるならば、泥をすっかり落としてからにしておくれよ」

　三ツ輪の婆さまが、湯気の立つ水桶を持って待ち構えていた。

「ありがとうございます。とても助かります」

　このときばかりは、三ツ輪の婆さまの不思議な力を心から有難く思う。

　熱い湯で身体を洗い、ついでに汚れた着物も洗わせてもらい、寝間着代わりの古びた浴衣に着替え、ようやく部屋に戻ったときには日が暮れかけていた。

　部屋の木箱の上を見ると、欠けた皿に麦の入った大きな握り飯が二つ置いてあった。

　三ツ輪の婆さまの心遣いに感謝して、「いただきます」と手を合わせた。

うんと塩が効いたところと、少しも味のないところがまだらになった握り飯だ。驚くほど美味《おい》しく感じて、あっという間に二つともぺろりと平らげてしまった。よほど身体が疲れていたのだろう。

両足を投げ出して、膨れたお腹《なか》を撫《な》でてふうっと大きな息を吐く。

「あの縁切り状、どこかに落としてしまったわ……」

着物を脱ぐときに気付いたことだ。懐に入れていたはずの、熊蔵へ宛てた縁切り状はいつの間にか消えてしまっていた。

きっとあの水たまりで熊助と大騒ぎの最中に、落としてしまったのだろう。

「書き直さなくちゃいけないわ。でも、今日はうんとくたびれたから、また明日」

部屋を見回す。

ほんの少しぼんやりしている間に、部屋の中は真っ暗になった。

暗闇をじっと見つめる。

真っ暗闇は、長屋の己の部屋も三ツ輪の婆さまの部屋も変わらない。

はっとした。

暗闇の中で何かがきらりと輝いた。

「何？」

眉を顰《ひそ》めてじっと見つめた。

そこには形あるものは何もない。しかしきらり、きらり、と何かが瞬くように光り続けている。

そのうち糸の胸に温かいものが広がった。

ほっとするような。くすりと笑ってしまうような。何気ない日々の幸せが次々と光と共に蘇る。

熊蔵と過ごしたときのことだけではない。奈々《なな》と、岩助《がんすけ》と、イネと、藤吉《とうきち》と、そして銀太《ぎんた》と。皆で楽しく笑い合った日々。誰もが悩み苦しみつつも根のところは明るく健やかで、このときがずっと続けばいいのにと、言葉にせずとも語り合っていたあの日々だ。

――誰かと縁を切るというのは、ただその人のことを切り捨てるだけじゃないんだわ。

糸は光に目を奪われながら、胸の内で呟いた。

――その人と生きたすべてのときが、もう二度と戻ってこないということなのね。

だから人は上手《うま》く行くはずがないとわかり切った相手だとしても、誰かと縁を切るということに臆病になるのだ。

夜の星空のような光が、糸の目の前の闇に広がっている。うっとりするほど美しい、ずっと眺めていたくなるきらめきだ。

糸はしばらくその光景に見惚《みと》れてから、静かに頷いた。

「ありがとう。とても楽しかったわ」

暗闇に向かって言った。

行燈《あんどん》の灯《ひ》を吹き消したように、目の前の光が消えて真っ暗になった。

「私を力づけようとしてくれたのね？」

糸は暗闇に語り掛ける。

これまで幼い頃の糸を恐ろしい目で睨み続け、縁切り屋を始めてからは、縁切り状を書かれた相手の〝生霊《いきりよう》〟を見せてきたはずの異形の者が、こんなに優しい光景を見せてくれるなんて。

そこにはずっと何かがいた。

糸は暗闇に向かって手を差し伸べた。

「お糸、起きているね？」

急に声を掛けられて、糸ははっと我に返った。

三ツ輪の婆さまが襖《ふすま》の向こうから呼んでいるのだ。

「はいっ！　何でしょう？」

襖を開けると、暗い廊下に三ツ輪の婆さまの姿が朧《おぼろ》げに浮かび上がった。月のない真っ暗な夜だ。やはりこの人の両目は見えていないのだとわかる。

「これを持ってきたよ」

三ツ輪の婆さまが差し出したのは、欠けた茶碗《ちやわん》に山盛りの麦飯。飯の真ん中には箸が差してあった。仏前に供えるものだ。

「こ、これはいったい何ですか？」

思わず後ずさりをしかけたところで、三ツ輪の婆さまが顔を皺くちゃにして笑った。

「おっかさんが来ていただろう？　私は客をもてなすのが仕事だからね。狭いところですが、どうぞごゆっくりなさってくださいな」

三ツ輪の婆さまは糸には一度も使わなかった愛想良い口調で言いながら、濁った目で部屋の中を見回す。

「おっかさん？　誰のおっかさんですか？」

話が少しも読めず、糸は首を傾げた。

「あんたのおっかさんだよ。暗闇に星空を見せてくれただろう？」

息が止まった。

「……私に、おっかさんはいません」

囁《ささや》くように答えた。

「おっかさんなしで生まれてきた子なんていないさ」

「私は捨て子です。産みの母とは、幼い頃に生き別れているんです」

糸は先ほどよりも強く言った。

《この子の名はお糸》

養い親のところで、形見にもらった大事な浴衣だ。三つの子が着るくらいの大きさの浴衣に、滲《にじ》んだ字で書かれたあの文字を思い出す。

「なら、おっかさんはいるじゃないか。変な意地を張るもんじゃないよ」

三ツ輪の婆さまに押し付けられた欠けた茶碗を、糸は呆然《ぼうぜん》とした心持ちで受け取った。

「……おっかさん？」

暗闇は静まり返っている。

「そんなはずないわ。私のおっかさんが、そんな、まさか……」

糸は額に手を当てた。

冷え切った顔に、熱い掌を感じた。

6

次の朝、日が昇ってすぐに昨日の林へと向かった。

ぐんと秋らしく涼しい風が吹く日だ。一月近くずっと続いていた蟬《せみ》の声がいつの間にか消え、風の音だけが鳴っている。

林に入ってすぐに、お地蔵さまが見えた。

いや、違う。お地蔵さまではない。

目を凝らすと、熊助がしゃがみ込んで足元の小石を弄《いじ》っていた。糸の姿を見つけると、膨れっ面をしてみせる。

「あら、熊助ちゃん、おはよう。良いお天気ね」

糸は素知らぬ顔で挨拶した。

熊助は不満げに鼻を鳴らす。

「まあ、すっかり綺麗になったのね。おっかさんに身体を洗ってもらえてよかったわね」

「おいら、赤ん坊じゃないやい！　行水くらい、自分でやれるさ」

熊助が目を尖《とが》らせた。素早く砂利を摑む。

「おっと、小石一粒でもこっちに投げつけてごらんなさい。どうなるかわかってるわね？」

掌を大きく広げて、厳しい声を出す。

「……どうなるってんだよ？」

熊助が少々臆した顔で訊いた。

糸は胸の中でくすっと笑った。

「熊助ちゃんがしたこと、ぜーんぶ、おとっつぁんに言いつけるから！」

まるで十の子供に戻ったような声で言った。

「へえっ!?」

熊助が素っ頓狂な声を上げた。

「そんな、大人のくせに、おとっつぁんに言いつける、なんて……」

熊助がこれまで出会ってきた大人というのは、こんな子供じみた返答は決してしなかったのだろう。目を丸くして驚いている。

「大人が、告げ口をしちゃいけないなんてことはないわ。意地悪されたら仕返しをする、って言ったでしょう？　それが嫌だったら、今日はお利口にしていなさいな」

糸は熊助を置いて、さっさと先を行った。

薄暗い林の中、草が踏まれた辛うじて道のように見えるところをしばらく辿っていくと、古びた小屋が現れた。鬱蒼《うっそう》とした木々に囲まれた、周囲に人の気配のない小屋だ。

ここが、熊蔵が寝泊まりしている小屋だろうか、と足を止めたそのとき。

戸が開いて、中から熊蔵が姿を現した。

「お糸さん？　驚いた。今からちょうどそっちに行こうとしていたんだ」

熊蔵の顔に、糸と二人きりのときにだけ見せる親密なものがあった。

その顔を見たときに、ようやく二人で話ができるのだ、と長い夢から抜け出したような心持ちになった。

「三ツ輪の婆さまからここを聞きました。静かで心地好《ここちよ》いところですね」

糸は木の葉の隙間から覗く青空を見上げた。

きっとここは、夜になったら水の底のように静まり返るだろう。賑《にぎ》やかな長屋暮らしをしていた熊蔵にとっては、とても寂しいところに違いない。

「あの三ツ輪の婆さまは何でもわかっちまうんだ。とりわけ、人に知られたくないような話となったら一発で聞こえちまう。おっかねえ婆さまだよ」

熊蔵が震え上がる真似《まね》をしてみせた。

「お年寄りってみんなそんなところがありますよ。こちらが隠しておきたいことに限って、驚くほどわかってしまうんです」

「そうだったな。おイネさんもおんなじだ」

二人で顔を見合わせて笑った。

「お糸さん、ひとりでここまで来たのかい？　危ない目には遭わなかったかい？」

「危ない目？　遭いましたとも。私、攫《さら》われそうになったんですよ」

「何だって？」

つい先日出会った園《その》と霧丸《きりまる》との一件を話したら、熊蔵は目を剝《む》いた。

「居酒屋で出会った見ず知らずの奴《やつ》らと話し込んだ、だって？　お糸さん、そりゃ危ねえぜ？　この世には悪い奴らってのがたくさんいるんだ」

「まあ、お園さんは、素敵な女の人でしたよ。霧丸さんのほうは少々辟易《へきえき》させられましたが……」

園に振られて困惑した霧丸が、血迷って糸に恋文を書いた話をしかけると、熊蔵は、

「お糸さんに恋文だって!?」

と顔を顰《しか》めた。そんな奴はぶちのめしてやる、とでも言うように拳を握った。

「まあまあ、話は最後まで聞いてください。ちゃんときっぱり断りましたよ」

己の口から覚えずして流れ出した言葉に、笑顔が強張った。

熊蔵は、まだ糸のことを己の妻になる女だと思おうとしている。そしてこの期に及んで糸もまだ、熊蔵との先行きをきっぱりと切り捨てることができていないのだ。

お互いはっとした顔をした。

「す、済まねえ……」

熊蔵が目を泳がせた。

「どうして謝るんですか?」

「だって、俺たち、こんなことになっちまっているだろう?」

どこか他人事《ひとごと》のような言い草だ。そんな熊蔵の心持ちは、そっくりそのまま己の姿でもある。

人の人生には必ず思いがけない出来事が降りかかる。

理由を辿って責め立てる相手を探すのも空《むな》しく、ただの不運、意地の悪い巡り合わせとしか思えない出来事というのは必ずある。

私はそれを先の大火で思い知ったはずだ。

けれど、いつまでもそれに惑っているわけにはいかない。私は悪くない。そんな当初は皆が頷いてくれたはずの言葉は、あまりに長く抱えすぎると、周りがすべて悪いのだ、という呪いの言葉に変わってしまうのだ。

――ご縁がなかった。

どれほど胸に痛みを抱えるとしても、そう言い切って前に進まなくてはいけないときがある。

今こそがそのときだ。

「熊蔵さん」

「悪かった。お糸さんのことをこんな気持ちにさせて。でも、どうしたらいいのか、俺にはさっぱり……」

「しっかりしてください！」

糸は大きな声を出した。

熊蔵がぎょっとしたように飛び上がる。

「熊蔵さんの胸の内を聞かせてください！　熊蔵さんはこれからどうしたいんですか？」

「お、俺の胸の内かい？　えっと、お糸さんはどんなふうに……？」

「私の話は後で必ずします。まずは熊蔵さんです。このうんと面倒くさい揉《も》め事《ごと》を持ってきたのは、熊蔵さんなんですからね！」

息が上がって、顔が燃えるように熱い。

「わ、わかった。悪かったよ。えっと、そうしたら、俺は、みんなが幸せになる形を……」

ぴしゃり。

糸は熊蔵の頬を力いっぱい叩いた。

「ええっ！」

熊蔵が頬に手を当てて、悲鳴を上げた。

「叩いてごめんなさい。もう二度とこんなことはしません」

糸は荒い息を吐きながら言った。涙が流れ出す。

私が聞きたいのはそんな綺麗ごとではない。

あなたの胸の内。ほんとうの想いをどうか聞かせて欲しい。

少しずつこの身を腐らせる、いつまでも頼りなく続く残酷な縁を、どうか一緒に力を合わせて断ち切って欲しいのだ。

しばらく黙ってから、熊蔵が苦し気に言った。

「――俺は、熊助がいちばん大事だ」

その声の冷たさに、糸の身体じゅうにわっと鳥肌が立った。

何かが大きく変わったのだとわかった。

「お糸さんには心から惚《ほ》れ込んでいたさ。あんたほど綺麗な人には会ったことがねえや。この人と添い遂げることができたら、これほど幸せなことなんてねえって思ったさ」

熊蔵がぐずりと洟《はな》を啜《すす》った。

「けど、俺は熊助がいちばん大事だ。己の血を分けた子への想いは、手前の惚れた腫れたなんてつまんねえもんをゆうに飛び越えちまった。お糸さん、許してくんな。このとおりだ」

熊蔵は深々と頭を下げた。

「わかりました。はっきり言ってくださって、ありがとうございます」

すべてが歪んで見えるほどのひどい眩暈《めまい》を覚えた。

この世の色がすべて消えて、白黒の影になる。

けれどしばらく奥歯を嚙み締め息を潜めてそれに耐えると、胸の奥からゆっくりと新しい力が芽吹く気配をはっきりと感じた。

「私の想いも聞いていただけますか？」

「ああ、もちろんだよ。気が済むまで叩きのめしてもらって構わねえぜ」

熊蔵が眉を下げた。

ふいに背後でぴしり、と木の枝を踏む音が聞こえた。

振り返ると藪が揺れている。熊助だ。熊助が藪の中で息を潜めて、二人の話を聞いているに違いなかった。

「私は己が大事です。誰のためでもなく、ただ己の幸せのために。熊蔵さん、あなたとはこれでお別れです」

己、と言って胸に掌を当てた。

昨夜、三ツ輪の婆さまが言ったように、ほんとうに産みの母が私のところに来てくれたのだとしたら。

この私を産み育ててくれた人、大切にしてくれた人たちのために、己を腐らせるような縁はきっぱりと断ち切らなくてはいけないのだ。

「わかった。今までありがとう」

熊蔵が口元を強く結んで頷いた。

「さようなら」

糸は踵《きびす》を返した。

わざと熊助の隠れる藪の横を歩く。

「熊助ちゃん、ちゃんと聞いたわね。これは私のためよ」

こっそり囁くと、まるで犬が尾を振るように藪ががさりと揺れた。

7

「ずいぶん急ぐんだね。もう少しゆっくりしていけばいいのにねえ。こんな田舎は息が詰まるかい？」

旅支度を終えて挨拶に来た糸に、三ツ輪の婆さまは意地の悪そうな声で訊いた。

「いいえ、まさか。とてもよくしていただいて感謝しています」

だがここは、私の居場所ではない。熊蔵とその家族の町だ。

熊蔵にはどうか幸せになって欲しい。どうか美和と熊助と末永く幸せに暮らして欲しい。

——だって、私にこんな想いをさせたんですもの。そうでなくちゃ困るわ。

糸は眉を下げて、小さく笑みを浮かべた。

「へえ、ならばいつでもまた来るといいさ」

三ツ輪の婆さまは糸の胸の内をすべて見透かしている顔で、わざと言った。

「……そこでちょっと待っていな」

三ツ輪の婆さまはよろつく足取りで部屋の奥に行くと、すぐにまた戻ってきた。

手に、紫色の小さな巾着袋を握っていた。

「これをあげるよ。私が作ったお守り袋さ。中は決して開けちゃいけないよ。見ないほうがいいもんが入っているさ」

三ツ輪の婆さまがにやりと笑った。

「お守り……ですか。ありがとうございます」

どこもかしこも色褪《いろあ》せたあばら家の中で、お守り袋の紫色は禍々《まがまが》しいまでの異彩を放つ。

小さい巾着袋がはち切れそうなくらい、みっしりと何かが詰まって重い。お守りの口は堅く結ばれている。

「ただのお守りじゃないよ。あんたの願いを、一つだけ叶《かな》えてくれるんだ」

三ツ輪の婆さまが濁った目で、窺《うかが》うように糸の顔を覗き込んだ。

「私の願いを叶えてくれるお守りですか？」

知りえるはずのないことがわかってしまう三ツ輪の婆さまの言うことだ。急に掌の上のお守り袋が、そら恐ろしいものに感じられる。

「願いっていっても、金が欲しいとか、男の気持ちをこちらに向けたいとか、そんなのは駄目だよ。そんなお守りを作ることができたら、私は今頃無事に生きちゃいられないさ。そのお守りが変えることができるのは、あんたの胸の内だ」

三ツ輪の婆さまが、糸の心ノ臓を指さした。

「私の胸の内……」

糸は己の胸に掌を当てた。

「そのお守りは、一度だけ、あんたの胸の内をあんたが思うように変えることができる。どうだい？　振られた男の顔をきれいさっぱり忘れるために、今すぐに使ってみるかい？」

「振られた、ですって？　まさか、そんな……」

糸は思わず首を横に振りかけてから、ふっと息を抜いて笑った。

己に惚れ込んでいると信じていた熊蔵に振り回された挙句、結局は振られた格好悪い女こそがこの私だ。どう取り繕うこともできやしない。

「このくらいのことなら、せっかくいただいたお守りを使うまでもありません。このお守りは大事にとっておきます」

「それがいいね。きっといつか、それがあってよかったと思う日が来るさ」

三ツ輪の婆さまは鼻に皺を寄せて笑う。

糸は懐にお守りをしまうと、「ありがとうございます。お世話になりました」と続けた。

「三ツ輪の婆さま、一つだけ教えていただきたいことがあるんです」

糸は立ち去りかけて、やはり足を止めた。

「何だい？」

「私の産みの母親のことです」

糸はごくりと唾を呑んだ。

暗闇に星空を見せてくれたおっかさん。

三ツ輪の婆さまは、糸が幼い頃から怯え続けた闇のことをそう呼んだのだ。

「私の産みの母は――」

どこでどうしているのでしょうか？

そう訊こうとしたのに言葉が止まった。

幼い私のことを捨てた産みの母親を、今さら探して何になるだろう。少しでも会いたいと思ったならば、向こうから糸を探すことはいくらでもできたはずだ。つまり産みの母親はほんの少しでさえも、糸を恋しいとなんて思っていないはずなのだ。

産みの母親は、山に糸を捨てたあの日に我が子とは縁を切ると心に決めたのだ。

「大火で死んだよ」

息がぴたりと止まった。

目に映るすべてが凍り付く。

ほんのわずかな時なのに、途方もなく長く感じた。

「そ、そうでしたか」

喉から絞り出すようにして声を出した。

「……母は、いったいどこに葬られているのでしょう」

ひどい眩暈を覚えながら、糸はどうにか訊いた。

「それは私にはわからないね。仏さん自身もよくわかっていないんだからね」

つまり産みの母親は、誰にもきちんと弔われずにひとり寂しく眠っているということだろうか。

「少しでもいいんです。何か、母についてわかることはありませんか？」

糸は身を乗り出した。

三ツ輪の婆さまはしばらく難しい顔をしてから、

「おっかさんは、小鳥が好きだったみたいだね」

と言って、ちゅん、ちゅんと舌を鳴らしてみせた。

第二章　藤　吉

1

糸が己の暮らすお江戸の長屋に辿り着くと、路地に見慣れない子がしゃがみ込んで、棒切れで地べたに何やら描いて遊んでいた。

その子が糸の気配に振り返る。顔中に笑みが広がる。

「お糸ちゃん、おかえりなさい！」

糸の右隣の部屋で父親の岩助と二人で暮らす奈々だ。ほんの少し見ない間に驚くほど背が伸びた。

初めて出会ったときには、あんなに痩せっぽちで蚊蜻蛉みたいに細い手足をしていたのに。

こちらに一目散に駆けてくる奈々は、日に焼けてしっかり肉がついた何とも頼もしい身体をしている。今も痩せているには違いないが、頬は艶々と丸い。

「奈々は、お糸ちゃんの帰りを今か今かと待ちわびておりましたよ」

奈々が糸の背後をひょいと覗き込む。

「熊蔵さんは一緒じゃありませんね。ああ、よかった。お糸ちゃんに限ってそんなことはないと信じておりましたが、大人というのは時折とんでもないことをしでかしますからね。気が気ではありませんでした」

「安心して。熊蔵さんとはきちんとお別れしたわ」

今の糸は胸を張り、まっすぐに奈々の目を見てそう言える。

「……ありがとうございます」

「どうしてお奈々がお礼を言うの？」

くすりと笑った。

「お糸ちゃんは奈々の憧れですから。正しいことをしていただきたかったのです」

糸は密《ひそ》かに息を呑んだ。

糸を一心に慕ってくれている奈々を想い、急に涙が込み上げそうになる。

「それと、おとっつぁんの言葉がずっと気になっていました。もしもお糸ちゃんが熊蔵さんとの道を選ぶならば、きっと長くは生きられない、って。弱い者を泣かせて結んだ縁では、人は決して幸せになれないんだって」

「おとっつぁん、そんなことを言っていたの？」

――長くは生きられない。

ぎくりとするような強い言葉に、糸は目を丸くした。

「おとっつぁんに言わないでくださいね。おそらく奈々が叱られます」

「言うはずがないでしょう」

長屋の皆は、こんなふうに私のことを真剣に考えてくれていたのだ。改めてそれを知ると、有難さに胸が熱くなった。

「あら？」

奈々の着物の足元が揺れる。背後で何かがもぞもぞと動いている。

仔犬《こいぬ》でも拾ってきたのだろうか、と覗き込む。小さな痩せっぽちの身体が、糸から逃げるようにさっと奈々の前に回り込んだ。

痩せて目だけが大きい、小さな少年だ。

「こらっ、三太《さんた》。挨拶はどうしましたか？　挨拶というのは生きる術《すべ》の基本だと常々話しているでしょう。それさえきちんとできていれば、人はこれから先、お前がどんな悪戯をしても『あの子はきちんと挨拶してくれた』と庇《かば》ってくれるものなのです。恥ずかしがっている場合ではありません」

奈々が少年の肩をむんずと摑んで、糸に向き合わせた。

「こんにちは。初めまして。私がお糸です」

何が何やらわからない心持ちながら、奈々の調子に合わせてゆっくり優しく言った。

少年は円《つぶ》らな黒目勝ちの目を震わせて、今にも泣き出しそうな顔をする。

顔じゅうに、擦《かす》り傷や虫刺されを掻《か》き毟《むし》った跡がいくつもある子だ。けれど清潔な古着を着せられて、風呂にもきちんと入っている様子だ。

「こんにちは！」

少年が強張った顔で言った。

「おいらは、三太だよ。お奈々ねえさまのとこの子さ」

驚いた。近所の子だとばかり思っていたのだ。

「そういうことです。三太はいろいろありまして私の弟になりました。なかなか賢く見込みのある子なので、立派に育ってくれるのが楽しみです」

奈々が大人びた顔をしてみせた。

きっと三太には悲しい事情があったに違いない。しかし三太自身の前で、この子は捨て子だったなんて決して言わない奈々の気遣いに、糸は改めて感心した。

「そうだったのね。それじゃあ、お奈々はお姉さんね。賑やかになるわね」

奈々の頭を撫でようとして、手を止めた。三太の前で、そんな子供にするような仕草をされるのは照れ臭いかもしれない。

微笑《ほほえ》みかけて女友達にするように、肩にそっと手を当てた。

先行きへの輝かんばかりの期待が詰まった、力強い身体だ。

さっき奈々は己のことを幼い子のような〝奈々〟ではなく〝私〟と呼んだ。

「私たちのおとっつぁんは、ほんとうに仕事ができる立派な人ですからね。三太ひとりの食い扶持《ぶち》が増えることくらい、どうってことはありません」

「どうってことはありません」

奈々が胸を張ると、横で三太がその真似をして小鳩《こばと》のように胸を突き出してみせた。

「あ、おとっつぁん！　おかえりなさい！」

ふいに三太がはっとした顔で、路地の入口に向かって叫んだ。

振り返ると、大工道具を肩に載せた岩助がこちらに向かって手を振っていた。

「おとっつぁんの言ったとおりでした。お糸ちゃんはちゃんと熊蔵さんとお別れして、ひとりで戻ってきましたよ！」

「ちょっとお奈々、そんな大きな声で。恥ずかしいからやめてちょうだいな」

路地じゅうに響き渡る声に、糸は慌てて窘《たしな》めた。

「お糸さん、おかえり」

岩助の声が、ほんとうの父の声のように頼もしく胸に沁《し》みた。

「お奈々、三太、二人とも表で遊んでいるってことは部屋はちゃんと片づけたか？　おはじきが散らばっていたり、紙人形が転がっていちゃいけないぜ？」

奈々と三太が決まり悪そうな顔を見合わせた。

「さあ、行って片づけてこい」

「はーい」

「はーい」

二人は一目散に部屋に駆け戻っていった。

二つの背中が、走りながらころころと笑うように揺れている。

糸と岩助は顔を見合わせて微笑んだ。

「このたびは、お騒がせしました」

「いい顔をしていてほっとしたよ」

岩助が優しい目をする。

「そんな言葉がいちばん嬉しいです。ありがとうございます」

糸はわざと情けない顔をして肩を竦《すく》めてみせた。

「いい学びさ。これからお糸さんは立派な人になるぞ」

言いながら岩助がぷっと笑った。

「お奈々の口癖がうつっちまったな。あいつは三太が来てから、二言目には〝立派な人になりなさい〟だ」

「三太、とてもいい子ですね。お奈々もあんなに可愛がって」

糸は目を細めた。

「ちっちゃいもん同士が仲良くしている姿、ってのを眺めるのはなかなか楽しいもんだよ。猫や小鳥と一緒さ。一匹で飼うと、ひとりぼっちで寂しそうに帰りを待たれる姿がたまらねえからな。二匹で飼うほうがずいぶんこっちの気が楽さ」

「まあ」

糸はくすりと笑った。

岩助が三太を見る目には、己の子と少しも変わらない愛情が籠っていた。

「みんな、変わっていきますね」

ほんの少し留守にしただけなのに、少しずつ変わっていく。

「ああ、みんな良いほうにな」

岩助が力強い声で、しっかりと頷いた。

2

久しぶりの己の部屋は、埃っぽく夏の熱気が残ったままのように感じられた。

「ただいま。今日からまたよろしくね」

部屋をぐるりと見回してそう言ってから、糸は障子と入口の戸を開けて掃除を始めることにした。

箒《ほうき》で埃を払い、きつく絞った雑巾で、どこもかしこもぴかぴかになるまで磨き上げる。

部屋の中を秋の涼しい風が通り抜けると、胸がすっとした。

「にゃあ」

掃除に熱中しているうちに、いつの間にか一匹の猫が部屋に入り込んでいた。

「その野太い声は、大丸《だいまる》かしら？　あら、違ったのね。豆餅《まめもち》、いらっしゃい」

左隣の部屋のイネに飼われている大きな猫の大丸かと思ったが、そこにいたのは同じ長屋の藤吉のところの豆餅だった。

糸が幼い頃に預けられた湯島霊山寺《ゆしまれいざんじ》で一緒に育った藤吉は、己をどこまでも振り回した母を見送ってから、この長屋で錆猫《さびねこ》の仔猫、豆餅と一緒に暮らし始めた。

藤吉は豆餅のことを、それこそ目に入れても痛くないほど可愛がっている。

「藤吉兄さんに内緒でお出かけをしてもいいの？　今頃、豆餅のことを青い顔で探し回っているんじゃないかしら」

豆餅を送りがてら藤吉にも挨拶に行こう。糸は豆餅をひょいと抱き上げた。

すらりと伸びた長い脚にしなやかな身体。豆餅はもうすっかり仔猫ではない。

「お糸の言うとおりだ。豆餅、こんなところにいたんだな。心の底から心配していたんだぞ」

開け放った戸口から、木挽《こびき》職人の藤吉が顔を覗かせた。

「お糸、話はお奈々の大声でようくわかったぞ。悪縁をすっぱり断つことができて何よりだ。俺は熊蔵みたいなつまらねえ男にお糸をやるなんて、最初から嫌だったんだよ。

いやあ、よかったよかった」

藤吉はわざと顔を顰めてみせる。

「ちょうど今、豆餅を送っていこうと思っていたのよ。さあ、豆餅、藤吉兄さんのところに行きなさいね」

抱いていた豆餅を差し出すと、豆餅は藤吉の背にひょいと飛び乗った。

そのまま肩まで上ると、襟巻のように藤吉の首元に収まる。

「お、今日は機嫌がいいな。最近の豆餅は肩乗りをしてくれなくなって、俺は寂しくてたまらなかったんだ」

藤吉は嬉しそうに、豆餅の毛並みに頬を寄せる。

「豆餅はもう赤ん坊猫じゃありませんものね」

糸は豆餅の頭を撫でた。確かに人の首元に丸まっているには、豆餅の身体はずいぶん大きくなった。

「いや、実は豆餅は、焼き餅を焼いているのさ」

「豆餅が、焼き餅……？」

糸は首を傾げた。

「惚れた女ができたんだ」

藤吉が照れ臭そうに笑った。

「女の人ですって？　藤吉兄さん、それって……」

大丈夫なの？　と訊きたかった。

幼い己を捨て、年頃になってからいきなり迎えに来た母親に振り回され続けた藤吉は、かつてうんと年下の年端もいかない娘と所帯を持っていた。

その娘との辛《つら》い縁切りを経て、女はもうこりごりだと言っていたはずだったが。

「お糸の心配はわかるさ。俺は、とことん女運がない男だったからな」

「藤吉兄さん、それは違うでしょう。女運、なんて都合のよいものはどこにもありません。藤吉兄さんの女の人に対する心持ちの問題よ」

兄代わりの藤吉には何でも思ったことを言える。

「さすが、いいことを言うな。お糸は苦い経験をしたおかげで、ずいぶん女ぶりを上げたな」

「女ぶり、ですって？　変な言い方はやめてください。今は藤吉兄さんの話でしょう？」

糸は頬を膨らませた。

「それで、どんな人なんですか？」

「お志津《しづ》、って人さ」

「名を聞いても仕方ありません。どんな人なんですか？」

「おっかねえ小姑《こじゆうと》だなあ」

「大事なことよ。藤吉兄さんには幸せになってもらいたいんです」

鼻息荒く言ってから、ふいについ先ほどまでは、己のほうがこうして藤吉に見守ってもらっていたのだと気付く。

「お志津とは、八丁堀《はつちようぼり》で出会ったのさ。ときは夕暮れだ。木挽の仲間が行きつけだって居酒屋を探していてね。きょろきょろ周囲を見回していたら、お志津が息を切らせて俺のことを追いかけてきたんだ」

「もしかしてそのお志津さん、藤吉兄さんに岡惚れしたとでも言ったの？」

糸の胸に警戒が走る。

「まさか、お志津は、そんな見え透いた胡散臭《うさんくさ》いことを仕掛けてくるような女じゃねえさ」

藤吉が笑い飛ばした。

「それじゃあ、どうしてお志津さんは藤吉兄さんのことを息を切らせて追いかけてきたのかしら？」

「お志津は、『この手拭いを落としましたか？』ってこう言ったんだよ。大通りで俺が手拭いを落としたのを見て、慌てて拾って追いかけてくれたんだ」

「それは親切な人ですね……」

だが糸の胸にどこか引っ掛かるものがある。子連れならともかく、ひとり歩きの男が落とした手拭いをそんなに必死になって届けようとするものだろうか。

それも夕暮れの暗くなりかけた頃だ。

「そうだろう? 俺は驚いたよ。こんなに親切な人がこの世にいるのかと思ったさ」

藤吉がだらしなく頬を緩めた。

「それは、ほんとうに藤吉兄さんの手拭いだったんですか?」

糸は一応訊いた。

「いや、違ったさ。別の誰かの落とし物だったんだ。それを伝えたら、お志津はひどく恥ずかしがってね。せっかくだから一緒に一杯やらないか、ってことになったのさ」

「ええっ?」

思わず身を乗り出した。これはいけない、と胸の中で声が響く。

「それからはとんとん拍子さ。お志津はお糸にすごく会いたがっているから、近いうちに会ってやってくれよ」

藤吉が身体を揺らして熱っぽく話すと、豆餅が藤吉の首元で迷惑そうに「にゃあ」と鳴いた。

豆餅の毛むくじゃらの顔が、「この人はいくら言っても聞いてくれないんですよ」と、うんざりした表情に見えた。

3

「初めまして。志津と申します。あなたの兄さんとは、生涯添い遂げる心持ちで、真剣なお付き合いをさせていただいております。どうぞよろしくお願いいたします」

志津と名乗ったその女は、少しも迷いのないまっすぐな目で糸を見据えた。

「そ、そうでしたか。それはおめでとうございます。私は糸と申します。こちらこそ、どうぞよろしくお願いいたします」

掃除を終えたばかりの糸の部屋で、糸と志津は膝を突き合わせ深々と頭を下げ合った。

あれからすぐに、藤吉が志津を伴って訪ねてきたのだ。

まさかこんなに急な話になるとは思ってもいなかった。

「お糸、お志津と仲良くしてやっておくれよ」

傍らの藤吉はどこかぶっきらぼうに言う。

〝生涯添い遂げる心持ちで、真剣なお付き合いをさせていただいております〟なんて、芝居のような台詞《せりふ》をきっぱりと言い切られたことが嬉しくてたまらない様子だ。

もっとも、芝居ではこれは男の台詞に違いないが。

「お糸さんのお話は、藤吉さんからよく聞いております。私は早くに家を出て妹も弟もおりませんので、お二人のことを羨ましく思っておりました」

志津は藤吉よりも三つ上と聞いた。低い落ち着いた声に強い目元が艶っぽい。何もかも己で決めてしまうことができそうな女だ。大人の女というのはこんな人をいうのだろうか、と糸はぼんやり思う。

「これからは、お志津が姉さんだな」

藤吉は頰を赤らめて言った。

「いつかそう呼んでいただける日が来ましたら、嬉しい限りです」

志津が糸に目くばせをしてゆったり微笑んだ。

「お二人は、いつ所帯を持たれるんですか？」

糸は緊張のせいか、ずいぶん畏《かしこ》まった喋《しゃべ》り方をしてしまった。

「私の気持ちとしては、今日、明日にでもと思っております」

志津と藤吉は何とも親密そうな笑みを交わした。

藤吉が糸にその様子を見られていると気付き、慌てて咳《せき》ばらいをした。

「けれど、その前に大事なことを済ませなくちゃいけねえんだ」

嫌な予感がする。

「大事なことって何ですか？　まさか、私が関係しているのでしょうか」

「そのまさかだ。お糸、俺たちのために縁切り状を書いてくれ」

「いったいどなたと縁切りをされるおつもりですか？」

糸は素早く志津に向き合った。

せっかくのめでたい話のはずなのにどういうことなのだ、という不安を隠しきれなかった。

しかし志津は少しも顔色を変えずに、こくりと頷く。

「私の前の男です。いくら話をしても、どうしても別れてくれないのです」

どぎつい言葉が飛び出して、糸は胸の内で、「ああ……」と呻いた。

やはりこうなってしまうのか。

「しつこい男なんだよ。とっくに手前は振られちまってるのに、今ならまだ戻れると思っていやがるのさ」

得意げな苦笑いを浮かべる藤吉のそんな顔は、見たくなかった。

「その男の人ときっぱり別れることができれば、お志津さんは、生涯、藤吉兄さんひとりと添い遂げる覚悟があるのですね？」

無礼だと思われても構わない。大事なことだ。

糸は志津の顔を覗き込んだ。

「ええ、覚悟は決まっております」

それほどきっぱりと言い切れる強さがあるならば、己の過去の始末くらい己でつけてくれればよいものを。

「わかりました。そのお言葉を信じます」

どこか反発を覚えるのを抑えきれない心持ちで、糸は頷いて文机に向かう。

己の乱れた胸の内を整えるようなつもりで、ゆっくり墨を磨《す》り始めた。

「お志津さん、その男の人との間に何があったのかは敢《あ》えてお聞きしません。ですが、私がこのことを喜んでやっているわけではないということは、ご承知おきください」

墨を磨りながら糸が言うと、藤吉が「お糸……？」と臆したような声を上げた。

「すべては、藤吉兄さんに幸せになって欲しいという一心でやることです。どうぞ、私の想いを踏み躙《にじ》ることはなさらないでくださいね」

墨を磨り終えて向き直ると、藤吉がこれまでにない強張った顔をして背筋をしゃんと伸ばしていた。

「ええ、お約束いたします。決してお糸さんの信頼を裏切るような真似はいたしません」

志津はただ頷く。

「藤吉兄さんに聞いてご存じかと思いますが、私が縁切り状を書くと、縁切り状を渡された相手の胸の内に残ったものが、生霊となって現れます。私がその正体を知ることになりますが、よろしいですね」

「ええ、もちろんです」

志津の頬が、ほんのわずかに引き攣《つ》った気がした。

「では、書かせていただきます。文面をお願いします」

志津の前の男の名は斗壱《といち》といった。

4

忙しい一日だった。夕飯の支度もできないまま夕暮れどきになってしまった。

旅から戻ってきたばかりなので、買い置いている菜もない。これから買い求めるのも億劫《おっくう》だ。

壁に背中を当ててぼんやりしていたら、空《す》きっ腹がぐうっと間抜けな音で鳴った。

ふっと笑って腹を撫でる。

藤吉の恋人である志津と顔を合わせたその場で、志津の前の男に縁切り状を書く、なんて散々なことがあった。

ほんとうにこれで良かったのだろうか。これから大きな揉め事が起きるのではないだろうか。藤吉のことが心配でならない。

それでもきちんと腹が減っている己のことが、どこか頼もしかった。

壁がこつん、こつんと鳴った。

左隣の部屋から、イネが壁を叩いているのだ。

「は、はいっ。ご挨拶が遅れてごめんなさい。無事に戻ってきております」

　壁に向かって囁く。

　帰ってすぐにイネに挨拶に行こうとしたら、奈々に「今の時分は、おイネ婆さまはお昼寝中ですよ。このところ、よくそうして休まれているんです」と言われた。

　昼寝の邪魔をしてはいけない、と思ったままになってしまっていたのだ。

「夕飯を買い込みすぎちまったんだよ。悪いが片づけにきておくれ」

　糸はにっこりと笑った。

　表に出て、イネの部屋の戸を細く開ける。

「ご相伴にあずかりに伺いました」

　部屋の真ん中に、イネが煮売り屋から買い求めてきたたくさんの総菜が並んでいた。

「まあ、すごい量ですね」

　里いもの煮物、青菜のお浸し、煮豆に焼き豆腐、鯛《たい》の煮付けまである。

　二人でも食べきれないくらいの量だ。

「ああ、そうさ。もうすっかり耄碌《もうろく》しちまっているもんでね。駄目にしたらもったいないから、遠慮なく平らげておくれよ」

　イネが膝の上に乗せた大丸を撫でながら、仏頂面で言った。

「私、お腹がぺこぺこだったんです。嬉しいです。いただきます」

「そんなことだろうと思っていたさ」

イネはわざわざ糸のために、ご馳走《ちそう》を用意してくれたのだ。

糸は涙が出そうになるのを堪えて、早速箸を取った。

「おイネさん、私、熊蔵さんと……」

「ああ、その顚末《てんまつ》はとっくの昔にお奈々から聞いたよ。せっかくの飯が不味《まず》くなる話はもういいさ。先の話だけをしようじゃないか」

イネが大口を開けて飯を頰張りながら、どこか満足げに言った。

「確かにそうですね。先行きの話をいたしましょう」

糸は肩を竦めた。

「藤吉兄さん、これからどうなると思いますか？」

「そうこなくっちゃね」

イネがいかにも意地悪そうににんまりと笑った。

「話は、隅から隅までようく聞かせてもらったよ」

壁に耳を当てるふりをしてみせる。

「まあ、やっぱりそうでしたか」

糸はくすっと笑った。

「藤吉の女、あれは喰わせもんだよ」

「おイネさんもそんなふうに思われますか？」

糸は眉を顰めた。

ほんとうの妹ではないにしても藤吉とは家族同然に育ったお糸に、初めましての挨拶に来た先で、前の男との縁切りを頼むなんて。

志津の考えていることは、糸にはさっぱりわからなかった。

「けど、あれはもしも上手く行くとすれば、上手く行く相手のはずだよ。あくまでも、もしも上手く行けばね。面白い女だよ」

「えっ？」

これからイネの悪口三昧が続くと思っていたのに。

ずいぶん遠まわしな言い方ではあるが、イネはそこまで志津のことを嫌っていないようだ。

「私はお志津さんのことを好きにはなれません」

「向こうだって、あんたなんかに好きになってもらおうなんて、微塵《みじん》も思っちゃいないさ」

「そ、そんなあ……」

そんなふうに言われると立つ瀬がない。

「お志津は、あんたの機嫌を取るどころじゃないんだろうさ。あの女には、手前の顔を取り繕っている場合じゃない何かがあるんだろう」

志津が口にした、斗壱への文の文面を思い出す。

何の変哲もなく思い出すところも何もない、ありがちな男女の別れの文だった。

「藤吉兄さんへの想いの強さということですか？」

「それは私にはわからないさ」

イネがとぼけた顔をした。

「けどあの女、あんたのほんとうの胸の内をあっさり聞き出しちまったよ」

「ほんとうの胸の内……？」

志津と交わした会話は、胸がざわつくような落ち着かないものだった。

「取り澄ましておろおろ困っているだけの、つまんない娘のあんたじゃなくて、我儘《わがまま》で焼き餅焼きで兄さん思いの、おっかない小姑のあんたの胸の内さ」

イネが面白そうに言って、顎でしゃくってみせた。

「おっかない小姑、ですって？　もう、おイネさんまでそんな意地悪を言うんですか？」

糸は膨れっ面になった。

「大事な兄さんなんだろう？　あんたがおっかない小姑になるのは当たり前さ。少しもおかしなことじゃない」

イネが満足そうに言う。

「お志津は、きっとあんたが案じているとおりのろくでもない女さ。けどね、お志津と話しているときのあんたは、なかなか小気味よかったよ。私がお志津のことを面白いと思うのはそこさ」

5

「ただいま」

すっかり夜も更けた頃、たくさんのご馳走ではち切れそうになった腹を抱えて糸は己の部屋に戻った。

誰もいない部屋を見回す。

部屋の四隅が、墨で塗りつぶしたように暗い。

「……ただいま、おっかさん」

今度は、隣の部屋のイネにも聞こえないような小さな声で囁いた。

暗闇に見えたあれは、帷子町の三ツ輪の婆さまの言うように、ほんとうに産みの母の姿なのだろうか。

――おっかさんは、小鳥が好きだったみたいだね。

胸に浮かぶ三ツ輪の婆さまの真似をして、ちゅん、と一回だけ舌を鳴らしてみてから、糸は寂しく笑った。

「みんな変わっていくわ。お奈々も、岩助さんも、藤吉兄さんも」

寝る支度をしながら、誰に言うともなく呟く。

——そして。

イネも変わっていく。

久しぶりに顔を見たイネは、はっとするほど小さく萎《しお》れていた。

毒舌の勢いが変わっていなかったことには安心したが、食べる量がずいぶん減った。

それにこのところ、ひとりのときは部屋で日がな一日うつらうつらしているようだ。

イネだってひとりの人だ。長く生きれば、いつかは年を取り身体が弱っていくのは当たり前のことだ。

それが悪縁であろうと、良縁であろうと、この世にずっと続く縁はどこにもない。人の縁は、すべて必ず生き別れか死に別れで終わる。

だからこそ、出会えたこと、結んだ縁に感謝をして生きなくてはいけない。

常日頃から悪ふざけの冗談交じりにイネから言われ続けていたことが、今宵はいつにも増して胸に迫った。

肩を叩かれた気がした。

怪訝《けげん》な気持ちで振り返る。

「まあ、嘘でしょう」

暗闇の中、肩に山雀《やまがら》が止まっているのが見えた。

青みがかった灰色の翼、頰は白くて頭と尾は黒い。蜜柑のような橙色の胸。まるでおもちゃのような色使いの、小さく可愛らしい小鳥だ。

山雀は明るい声で囀《さえず》りながら、糸の肩で軽やかに跳ねる。

「お前、いったいどこから入ったの？　おいで」

昼に戸を開け放っていたときに間違えて入ってしまったのだとしたら、怖い想いをしただろう。

糸が恐る恐る人差し指を差し出すと、山雀は賢そうな目で首を傾げてから、ひょいと飛び乗った。

そっと山雀に頰を寄せた。

こんなに小さいのに、なんて温かいのだろう。

思わずうっとりと頰が緩む。

山雀も気持ちよさそうに糸に頰ずりをする。

「ずいぶん人に慣れているのね。誰かに飼われていたのかしら」

あっと声を上げた。

山雀の姿が幻のように消えた。

部屋の隅の闇に目を向ける。禍々しい想いが生霊となって渦巻いているに違いないと身構えた。

しかし、そこにあるのは何の異変もないただの暗闇だ。

拍子抜けした心持ちで部屋を見回す。

足元に布切れが落ちていた。

「これ、手拭い……?」

広げてみると、白地に藍色の波飛沫が飛び散る、荒々しい柄の男物の手拭いだ。

ぞくりと寒気がした。

藤吉と志津が出会うきっかけになったのは、志津が道に落ちていた手拭いを、藤吉のものと間違えて届けにきたからだ。

「どうしてその手拭いが……」

志津が縁切り状を渡した前の男、斗壱の胸に残っているのだ。

「やめて、嘘でしょう」

糸は己の胸の中に広がっていく不安に、大きく首を横に振った。

6

次の朝、すぐに志津に会いに行こうと支度をしながら、糸は志津が、今どこで何をして暮らしている女なのか少しも知らされていないことに気付いた。

「ならば、待ち伏せするまでよ」

あの様子だと、二人はほぼ毎日のように逢瀬《おうせ》を重ねているだろう。

幸い今日は朝から雨模様だ。藤吉の木挽の仕事も休みになるので、志津は部屋に訪ねてくるに違いない。

糸は、藤吉に見つからないように路地の木戸の向こうで木陰に隠れて志津の訪れを待った。

しばらく雨の中、道行く人に目を凝らしていると、昼前に、思ったとおり赤い蛇の目傘を手にした志津が現れた。

「お志津さん、少しよろしいですか？」

「ひっ」

志津がびくりと身を縮めた。目を見開いて怯えた顔だ。

「なんだ、お糸さんでしたか。驚きました」

いつまでも別れを承知してくれない前の男に、縁切り状なんて物騒なものを渡した直後だ。志津が警戒するのも無理はない。

「怖い想いをさせてしまってごめんなさい。昨日の縁切り状のことで、お聞きしたいことがあるんです」

「斗壱が何か言ってきましたか？　藤吉の長屋のことは、決して見つからないように気を付けていたはずなのに……」

志津が白い顔をして訊いた。

「いいえ、そうではありません。お話ししていたとおり、斗壱さんの胸に残った生霊が、私のところに現れました」

糸は静かに言った。

志津はほんの刹那、動揺したように目を泳がせた。けれどもすぐに、観念した顔をする。

「何が現れたかわかりますか？」

糸は、意地が悪いと思いながらも冷めた声で訊いた。

「わかりません」

志津が言葉少なに答える。

「手拭いです。荒波の柄の男物の手拭いです。お心当たりはありますね」

志津の身がびくりと震えた。

「……それは斗壱の手拭いです」

「藤吉兄さんに近づいたときの小道具も、その同じ手拭いではないですか？」

糸は志津の顔を覗き込んだ。

志津は素早く顔を背ける。

「あなたは、これまで斗壱さんに言われて落とし物を届けるふりをして、男の人を騙《だま》してきたのではないですか？」

そうして相手の男といい仲になったところで、「俺の女房に手を出しやがって！」なんて言いながら強面《こわもて》の男が現れる。

昨今のお江戸でよく聞く、男と女が手を組む美人局《つつもたせ》の手口だ。

志津はしばらく黙ってから、

「ええ、そのとおりです」

と苦し気に答えた。

糸の心ノ臓がどんっと鳴った。

奥歯を嚙み締めて耐える。

「ほんとうのことを答えてくださってありがとうございます。では、どうぞお引き取りください」

糸は有無を言わせない冷たい声を出した。

この世にはいくらでも男がいる。その中で敢えて藤吉に目を付けた志津は、ずいぶん鼻が利く。

藤吉が生まれ持った寂しさ、そしてそれが故の優しさを踏み躙られた気がして、息が詰まるほどの憤りを覚えた。

「お糸さん、聞いてください」

「お話しすることは何もありません。あなたと藤吉兄さんとのご縁は、何があっても決して認めません」

「最初は、金が目当てだったのは間違いありません。ですが、藤吉さんに出会って私は変わったんです」

糸はうっと黙った。

そんな言い草は、こういうときの決まり文句だとわかっていた。なのに、志津の放った一言が胸に響く。

——私は変わったんです。

人は変わる。同じ長屋で同じご近所さんに囲まれていても、刻一刻と変わってゆくのだから、新しい誰かとの出会いによって、これまでの生き方がすべて引っくり返るような変化があったとしても何もおかしくはないのだ。

「私は本気で藤吉さんと生きていこうと決めています。いくらあなたに反対をされても、この気持ちは変わりません」

志津が口をぎゅっと結ぶ。

「何ですって？」

糸と志津は真正面から睨み合った。

そんなの駄目よ。あなたみたいな人、私の大事な藤吉兄さんには絶対に近づけないわ。親に捨てられた私たちは、霊山寺でずっと一緒に助け合ってきたの。私には藤吉兄さんが、藤吉兄さんにも私が必要だったのよ。

いきなり現れた、それもうんと胡散臭いあなたに邪魔者扱いなんてされてたまるもんですか。

「でしたら藤吉兄さんに、このことは私からすべて話させていただきます」

糸は鼻息荒く言い放った。

「もう聞いたさ」

ぎょっとして振り返ると、そこには何ともいえない苦笑いを浮かべた藤吉が立っていた。

「藤吉さん！」

「藤吉兄さん！」

「おっと、待ってくれ」

我先に駆け寄ろうとする志津と糸の二人を、藤吉は困った顔で押し留《とど》めた。

「藤吉さん、私の話を聞いて」

「藤吉兄さん、お志津さんの話なんて聞くことないわ。今聞いたことがすべてよ」

「二人とも、悪いがひとりにしてくんな」

藤吉が低い声で遮った。

その声の強さに、糸と志津は口を噤《つぐ》んだ。

7

部屋に戻った糸は、大きなため息をついた。

このところ私は怒ってばかりだ。

帷子町では熊助と熊蔵に。長屋に戻ってきてからは、志津に向かって。

どうしてそうなのだ、そんなのはいけない、とむかむか腹を立ててばかりいる。

今まで誰かに対して、こんな激しい気持ちを持つことなんて一度もなかったのに。人は人、私は私と思ってできる限り関わり合いにならないように、面倒ごとに巻き込まれないようにとばかり思っていたのに。

こんな調子で心持ちを忙《せわ》しくしてばかりでは、これから先、縁切り屋の仕事なんて続けることはできそうもない。

「それなら、それでいいわ。私は元から代書の仕事をしてきたんだもの。人の縁切りの手伝いなんて、したくなかったのよ」

口を尖らせてひとりごちる。

胸にもやもやと広がる霧を払うように、文机に向かって墨を磨り始めた。

ずいぶん前に頼まれていた代書の仕事を進めてみようかと思ったが、どうにもやる気が起きない。

書き損じの紙を広げて、手慰みにへのへのもへじの案山子《かかし》の絵を描いた。

「なかなか上手く描けたわね」

剽軽《ひょうきん》な顔立ちに、ぷっと噴き出した。

それから案山子の肩に、小鳥を止まらせる。

ふと手を止めた。

昨夜、現れた山雀の姿を思い出す。

生霊、なんて気味悪い言葉は少しも似合わない、とても可愛らしく温かい小鳥。

あの小鳥はもしかして――。

「お糸ちゃん、たいへんです！」

奈々の叫び声が響いて、戸がいきなり開いた。

「お奈々、どうしたの？　そんなに血相を変えて」

「たいへんです、たいへんです！　藤吉さんが八丁堀で喧嘩《けんか》をしています！　この雨の中、自身番がおとっつぁんに知らせに来てくれたのです！」

「藤吉兄さんが？　八丁堀って、ことはお志津さんの……」

慌てて口を噤む。

志津が藤吉に手拭いを届けたと聞いた場所だ。

「おとっつぁんは、八丁堀に向かいました」

「私も行くわ！　教えてくれてありがとう！」

慌てて草履を履いて飛び出した。

お奈々、これは大人のお話だから、あなたはここで待っていなさいね。そう言おうとしたそのとき。

「お糸ちゃん、気を付けて行っていらしてくださいね。私は家で三太を守っております」

奈々が落ち着いた顔で言った。

8

糸は野次馬たちの人だかりを押しのけて進んだ。

どうにか輪の真ん中に辿り着くと、藤吉が頰を腫らして目の上から血を流してしゃがみ込み、岩助が手荒く介抱をしていた。

「打ち所は悪くなさそうだ。こんなのただの擦り傷さ。お前なら……そうだな、十日も寝てりゃすっかり良くなるさ」

「十日だって？　そんなに寝ている暇はねえさ」

二人の男は顔を見合わせて苦笑いだ。

「藤吉兄さん！　いったいどういうことなの？」

糸は泣き出しそうな心持ちで言った。

八丁堀まで走ってくる道すがら、万が一にでも斗壱に刃物でぐさりとやられていないかと気が気ではなかった。

「ああ、お糸。見てのとおりだ」

藤吉が眉を下げて情けない笑みを浮かべた。

岩助に結んでもらったであろう布切れには血が滲んでいた。

「斗壱と喧嘩をしたのね？　どうしてそんな危ないことを？」

「お志津と斗壱を、何が何でも別れさせなくちゃいけねえと思ったのさ」

「でも、お志津さんの話を聞いたでしょう？」

志津は、斗壱と一緒に藤吉を騙そうとして近づいたのだ。

本人がそれを認めた以上、志津の言葉をそっくりそのまま信じるなんて、いくら何でもお人好しが過ぎる。

「ああ聞いたさ。お志津は俺のことを騙そうとしていたんだろう？　けど、変わったと言っていた。人を騙すような真似から足を洗って、まともに生きたいと思ったって言ったさ」

「口ではいくらでも言えるわ」

もしも糸が手拭いのことを持ち出して志津を問い詰めなければ、志津がどのように動いたのかはわからない。斗壱に縁切り状を書いたのだって、藤吉を信用させるためにひと芝居打っただけかもしれないのだ。

「いや、あいつの変わりたいって気持ちに嘘はないさ」

藤吉が首を横に振った。

「どうしてそう言い切れるの？」

「あいつといると、俺は嘘がつけねえんだ。手前でも笑っちまうくらいまっすぐになっちまう」

糸の胸に、志津の顔が過った。

「それは私もよくわかるわ。お志津さんといたら、私、うんと腹が立ったもの」

藤吉兄さんの〝まっすぐ〟さとは、おそらく逆の方向だと思うけれど。

妹の顔で眉を顰める。

そういえば同じことをイネにも言われていた。

志津は、皆のほんとうの胸の内を引き出してしまう。

それは藤吉の言うとおり「嘘がない」ということなのだろうか。

「それじゃあ、藤吉兄さんはお志津さんを信じて、これからもずっと添い遂げるという気持ちに変わりはないのね？」

言葉を続けながらはっと気付いた。

志津は今ここにいない。代わりに介抱しているのは岩助だ。

二人の男の喧嘩を目撃した志津は、おそらく斗壱のほうを選んだのだ。

気まずそうに黙った糸に、藤吉が寂しそうな笑顔を見せた。

「せっかくご縁のあった相手さ。ここで終わるならせめて、あいつのために土産物を置いていってやろうと思っただけさ」

「土産物って何のこと？」

「悪いことはしちゃいけねえ、って餓鬼みてえにまっすぐに言うみっともねえ男の思い出さ。今はすべてが伝わらなくたって、いつかきっとお志津の人生の足しになるはずさ」

藤吉が己の胸元をどんと叩いて、いてて、と笑った。

「……藤吉兄さん」

糸は目を伏せた。

糸と志津の話を聞いてしまったそのときに、もう藤吉の腹は決まっていたのだと気付く。

「良いご縁だったさ。俺はお志津からいいもんをもらったぜ。あいつの言葉には嘘があったけれど、あいつの真心だけは本物さ」

藤吉が力強く言う。

「ああ、その意気だ。これからいいことがあるぜ」

煙草《たばこ》を吸いながら黙って見守っていた岩助が、糸と目が合うと肩を竦めて笑った。

9

夕暮れどきの長屋の炊事場で、糸は久しぶりにせっせと夕飯の支度に励んだ。

豆腐の味噌汁《みそしる》に、漬物、飯にひじきの煮物が付いただけの豪華とはいえない食事だったが、おそらくものを食べる気力を失っているであろう藤吉のために心を込めて作った。

兄さん分の藤吉が失恋をして胸を痛める姿を、心から気の毒に思った。

しかし一方で、藤吉が志津を諦めると決めたことにほっとしていた。

二人が上手く行かなくなったことが嬉しいはずがないのに。けれど今こそ私が力づけてあげなくてはと、張り切る心持ちもあった。

「藤吉兄さん？　入るわよ」

いつも藤吉がするように勝手に戸を開けた。

夕飯はまだでしょう？　こんな時こそ、きちんと食べなくちゃいけないわ。美味しい夕飯を作ったから一緒に食べましょう。

声を掛けようとしたそのとき。

「えっ――」

藤吉と志津が、そっくりな顔をして揃《そろ》って目を丸くした。

二人は身を寄せ合って話していたのだろう。志津の横に崩れた膝が藤吉のほうをまっすぐに向いている。

「お、お糸！　えっと、これは……」

藤吉がいかにも決まり悪そうに頭を掻いた。

「いいのよ、藤吉さん、私から話すわ」

志津が糸に向き合った。

「お糸さん、私、お上に今までの罪を告白して参りました。斗壱はすぐに捕縛されました。きっと私も、これから罪に問われることになるでしょう」

凛《りん》とした顔だ。嘘のない、まっすぐな顔だ。

「お糸さんが私を信じられないというお気持ちは、よくわかります。藤吉さんの情に訴えて取り入ろうとしているのではと思われることも、わかっています。ですが――」

藤吉が割って入った。

「俺も一緒に、償いをしていくさ。これまでお志津が騙し取った金は、すべて二人で返していこうと思っている」

「そんな……」

藤吉兄さんは何も悪くないのよ。それなのに、お志津さんのためにそこまでする必要があるの？

これからきっと、二人の縁はたいへんなことばかりよ。この世にはいくらでも女の人がいるのに、何も進んでそんな面倒な人と縁を結ぶことはないのに。

そんなふうに言いそうになって、口を噤んだ。

「そうでしたか。では私は、お二人の決めたことを応援いたします」

ゆっくり嚙み締めるように言った。

ほんの少し前の己のことが急に恥ずかしくなった。

人の縁を邪魔することは誰にもできない。

それがたとえ周囲をさんざん不安にさせるような、危なっかしい縁だとしても。

その縁が幸せを運ぶかどうかは、当人同士の覚悟ひとつでどうとでも変わる。

糸ができることは、ただ無闇に彼らの気持ちを掻き回すことなく、信じて見守ることだけだ。

ふっと笑みが漏れた。

「お志津さん、お腹が減っていませんか？」

「へっ？」

志津が、鳩が豆鉄砲を喰ったような顔をした。

「よろしければ、一緒に私の部屋で夕飯を食べませんか？　豆餅、お前には鰹節《かつおぶし》があるわよ」

部屋の隅の行李《こうり》の上にいた豆餅が、にゃあ、と鳴いて一足先に立ち上がった。

「お糸……いいのか？」

「藤吉兄さん、何よその言い方。それじゃあまるで、私がお志津さんを嫌っているみたいよ。少しもそんなことありませんからね」

糸は藤吉をちらりと睨んだ。

まったく男というものは、こういうときにつまらないことを言う。

「そ、そうか。そうだよな」

藤吉の顔に笑みが広がった。

「お志津さん、これからも、藤吉兄さんをどうぞよろしくお願いいたします」

糸は深々と頭を下げた。

一息ついてから顔を上げると、泣き顔の志津が幾度も頷いていた。

「お糸さん、ありがとうございます」

「何もお礼を言われるようなことはありませんよ。さあさあ、お邪魔して申し訳ありませんが、ぜひ味噌汁が冷めないうちにいらしてくださいな」

いつの間にか糸の足元にいた豆餅が、まるで「えらい、えらい」とでも言うように、一声高らかに鳴いて身をすり寄せてきた。

第三章　まじない

1

朝の長屋に、秋の光が差す。路地の桜の木には未《いま》だ青い葉が輝いている。

だがよくよく目を凝らすと、葉の先が微かに色づいているのがわかる。

これから半月もしないうちに、青い葉は黄から紅へとめまぐるしく色を変えていくのだろう。

もうあと少しであたり一面葉が落ちて、路地の掃き掃除がうんと忙しい時季になる。

糸は箒を手に、目を細めて桜の木を見上げた。

「お糸さん、おはよう。いつも済まないね」

「あら、岩助さん。おはようございます」

作事《さくじ》の支度を整えた岩助が、糸と並んで桜の木を見上げた。

「桜の木の生きる力ってのは、立派なもんだな。ほんの少し前にはこの木が黒焦げの棒切れだったなんて、嘘みてえだ」

糸がこの長屋に引っ越してきた頃、この桜の木は枝も葉も焼け焦げて、不気味な一本棒のような有様だった。

人通りの邪魔になるので植木屋に頼んで根から引っこ抜いてもらったほうがいいだろうか、なんて住人同士で話しているうちに、枝の真ん中あたりにひょこりと小さな青い芽が現れたのだ。

「もう大火ってのは、昔の話かもしれねえな」

「あら、そんなふうにしんみりされて。どうかされましたか？」

岩助の口調にいつもと違うものを感じた。

「この長屋から引っ越そうと思っているんだ。三太が来てからあの部屋は、手狭になってきてね。ちょうど白金《しろかね》の外れで大掛かりな作事の仕事を頼まれたところで、これを機に、そっちで畑仕事ができる家を借りて、しばらく田舎暮らしもいいかと思ってな」

岩助がどこか申し訳なさそうな顔で言った。

「まあ、それは素敵ですね。お奈々も三太も、きっとのびのびと暮らすことができますね」

「そう言ってくれるかい？」

「もちろんですとも」

糸はにっこり笑った。

「この長屋を離れるのは、なんだか寂しいけれどな」

「新しいことをするのは、決まってどこか寂しいものですよ」

　糸は大きく頷いた。

「お奈々は何と言っていましたか？」

「子供のほうが、大人よりずっとさっぱりしているもんだな」

　岩助が苦笑いを浮かべた。

「『畑のある家ですって!?　三太、聞きましたか!?　何を植えましょうかね！』なんて、飛んで跳ねて大騒ぎさ」

「まあ、お奈々の畑は、きっと立派な作物がたくさん穫《と》れるでしょうね」

「あいつは、あれこれ工夫をすることが得意だからな。菜ができたら、いのいちばんにお糸さんに届けに来るよ」

「嬉しい。楽しみにしています」

　糸は目を細めた。

「……お糸さんにはうんと世話になったよ。お奈々があんなふうに前を向ける子に育ったのは、あんたのおかげさ。あんたの情がなかったら、俺たち父子《おやこ》はどうなっていたかわからねえさ」

「そんな、やめてくださいな」

　奈々の目の前で、母親は炎に巻かれて命を落としている。

初めて出会ったときの岩助はうつろな目をした不愛想な男で、奈々は己の哀しみを必死で隠す大人びた子供だったのだ。

二人とも今の姿からは想像もできない。

「三太が来てから、お奈々は死んだ女房の形見の櫛《くし》を、さりげなく目立たねえところに置き直したのさ。『三太は、生前のおっかさんのことを知りませんからね。この家では、決して三太を仲間外れにしてはいけません』なんて言ってさ」

「まあ、お奈々……」

浮かんだ光景に、涙が滲みそうになった。

こうして大火の後の暮らしが終わっていく。

新しい暮らしが始まって、新しい先行きが広がっていくのだ。

「お糸さん、あんたはどうする？」

「えっ」

糸は目を丸くした。

「あんたはこれからどっちへ進むんだい？」

岩助がとても大事なことを訊いているというのがわかった。

「私は……」

己の胸に手を当てる。

このまま、今までどおりに。

その場しのぎのつまらない言葉が胸を過って、慌てて打ち消した。

このまま、今までどおりに、なんてものはどこにもない。

人は皆、日々、少しずつ変わっていくものだと思い知ったはずだ。

糸は岩助を見つめた。

「私の母のことを」

自《おの》ずと言葉が流れ出た。

「帷子町で出会った人に、私の産みの母が大火で亡くなったと聞きました。私は己の母のことを弔ってあげたいと思っています」

「そうか。おっかさん、きっと喜んでくれるに違いねえな」

岩助が頷いた。

そのとき、路地の入口から遠慮がちな女の声が聞こえた。

「失礼いたします。少しよろしいでしょうか」

黒目勝ちのつぶらな瞳に白い肌が少女のように見えた。だが、よくよく見ると三十近い大人の女だ。

「はいはい、この長屋に何かご用ですか？」

「お糸さんは、いらっしゃいますか？」

「私が糸です。書写のご依頼ですか？」

女の身なりは、派手ではないがきちんと整って小ざっぱりしていた。ちょっとした物腰のひとつひとつから、しっかり者らしさが窺える。

「いいえ、縁切り状をお願いしたいんです」

女は、こちらが拍子抜けするくらいさっぱりとした口調で言った。

「私も字を書くことはできます。ですが相手が相手ですのでどうしたものかと迷っていたところ、つい昨日、近所の子供に立て続けにこれを貰《もら》ったんです」

女が差し出したのは、奈々が書いた〝縁切り屋〟の引き札だ。三枚もある。

奈々は、引っ越しが決まって以降、前にも増してすごい勢いで己が書いた〝縁切り屋〟の客を募る引き札を配って回っているようだ。

糸は目を白黒させた。

「わかりました。私の部屋にいらしてください」

岩助に「いってらっしゃい」と軽く目くばせをしてから、糸は女に言った。

「先ほどのお話ですが、相手が相手、というのはどういうことですか？」

糸は路地を進みながら囁き声で訊いた。

「私が縁切り状を出す相手は、まじないを使うんです」

2

「縁切り状を書いていただきたい相手は、おとらという八卦見《はっけみ》です」

滝《たき》と名乗った女は、背を伸ばしていくぶん早口で言った。

八卦見とは占いで生計を立てる者の呼び名だ。陰陽道《おんみようどう》や易や人相手相など、それぞれに得意な占いの形はあるが、すべてをまとめて八卦見と呼ぶ。

「相手の名は、おとらさんですね」

「はい、おとらです。ひらがなで、とら、といいます」

滝が幾度も頷く。

「わかりました。何度もお聞きしてしまい、すみません」

当たらない占い師を、お払い箱にするという話なのだろうか。

滝の、いかにも早く終わらせてしまいたい、というようなせっかちな喋り方に追い立てられるようにして、糸は早速、墨を磨り始めた。

「八卦見なんて、出鱈目に違いないと思われているでしょう？　『私の言うとおりにすれば、すべて上手く行く』だなんて。そんな言葉に騙されるほうがおかしいと思われますよね？」

滝が自嘲気味に笑う。

「いいえ、そんなことはありませんよ。この世には、様々な力を持った人がいます。人の先行きが見える方というのもいらっしゃるかもしれません」

糸自身、暗闇に生霊が見える力があることは、口に出さないほうがよさそうだ。

「それじゃあ、お糸さんは、おとらの力が紛《まが》い物《もの》じゃないって仰《おつしや》るんですか？　おとらが言うとおりにすれば上手く行く、それに反すれば決して上手く行かないと……」

「いいえ、私はおとらさんを知りませんから、滅多なことは言えません」

糸は慌てて肩を竦めた。

滝の突っかかり方には、怯えが混じっていると気付く。

「もしかして、おとらさんに、何か嫌なことを言われてしまったんですか？」

糸は滝の心を乱さないよう落ち着いた声で訊いた。

滝の顔が強張った。

「ここでは、縁切りの事情を話さなくてはいけないんですか？」

「お話しされたくないようでしたら、無理に聞き出すつもりはありません。ただ、お滝さんが苦しそうに見受けられたので。差し出がましいことをごめんなさい。今の言葉は、忘れてくださいな」

再び墨を磨り始めたそのとき、

「……待って。話を聞いてください」

滝の声が響いた。

「最初は良かったんです。おとらの言うとおりにしたら、すべてが上手く行きました」

滝とおとらとの出会いは、大火のすぐ後だったという。

深川近くの小間物屋、恵比須屋《えびすや》の女将《おかみ》だった滝は、火事で家を失い、家族と共に着の身着のままお救い所に身を寄せた。

店は建て直したばかりで莫大《ばくだい》な借金が残っていた。

店をすべて失い、奉公人たちも散り散りになってしまった。

先行きは真っ暗で、滝も家族もこれから先どのように生きて行けばいいのか、己を見失ってしまったのだという。

「そんなとき、お救い所で出会った人に教えてもらったんです。元木場の辻《つじ》に、とんでもなく当たる八卦見がいるってね」

それがとらだった。

「おとらは、南南東に風車の店を出せと言ったのです。そうすれば必ず恵比須屋は立ち直ると。けれど店を出すなんて、容易なことではありません。しかしそれを父に伝えたら、今の私たちに失うものは何もないからやってみようじゃないかって、自身番に掛け合って、南南東の路上に出店を開く手はずを整えてくれたんです」

その店は当たったった。

生きるだけで精いっぱいのこのご時世、わざわざ風車なんて欲しがる人がいるのだろうかと案じていた。だが、路上の茣蓙《ござ》の上にぽんと並べられた色鮮やかな風車は、飛ぶように売れた。

「早速、お礼参りに向かいました。そしておとらになけなしの金を支払って、次はどうすればいいのかを尋ねたんです」

借金を重ねてでも富岡八幡《とみおかはちまん》の参道に店を出せ。船橋《ふなばし》の出の奉公人を雇え。如月《きさらぎ》に現れた友には気を付けろ……。

とらの占いは、すべて恐ろしいほどぴたりと当たった。

次第に、滝も家族も、何をするにもとらに頼るようになっていった。

恵比須屋にとって、とらは欠かせない存在となった。

「けれどある日、おとらの占いが外れたんです。飼っていた猫の、腹の中の子の柄でした。おとらは、三毛猫が二匹いると断言しました。けれど生まれたのは、白黒の二色の仔猫が三匹でした」

「二と三が、逆になってしまったんですね」

飼い猫の腹の中の仔猫についてなんて取るに足らないことまで、とらに占わせていたのか、と糸はそちらのほうに驚く。

占いというのは、後戻りできない岐路に立った者が、己の決断の後押しにするためのものだとばかり思っていた。

滝たち一家ととらの関わりの形は、糸にはわからない。しかし謎かけのようなことをして試すのは、とらに失礼なことのようにも思える。

「それから、おとらの言うとおりにしても、失敗することがぽつぽつと出てきました。そして極めつけは、近所の人からの忠言です。『恵比須屋はおかしくなっちまった。八卦見の言いなりだ』ってみんなが言っている、ってね。うちの商売が上手く行っていることが気に喰わない、商売敵の僻《ひが》みだとわかっています。けれど、私、そんなことを言われるのは悔しくて……」

しかしつい先ほど、恵比須屋はとらの忠言に従って上手く行ったのだと言っていたではないか。

糸は苦い想いが胸に広がるのを覚えた。

「確かに、おとらにたくさんのことを相談しました。けれど、それ以上に恵比須屋は努力を重ねてきたんです。当たるか当たらないかわからない占いなんてものを実《じつ》に変えたのは、私たちです。おとらの占いなぞなくとも、恵比須屋はやっていくことができます」

「ですがお話を伺っていると、おとらさんに非はないように思えます。私は、礼を欠いた文はお受けできませんよ」

糸の冷めた言葉に、滝ははっとした顔をした。

「え、ええ。もちろんです。今まで世話になったことへの礼の言葉、それに手切れの金子を送りたいだけです」

慌てて取り繕う。叱られた子供のように、首を竦めて糸の顔色を窺う。

「わかりました。そういうことでしたら構いません。おとらさんに、これまでのお礼をきちんと伝えましょう」

糸は念押しをするように滝に目を向けてから、静かに筆を執った。

3

お天道《てんと》さまが上った頃。

洗濯をするため井戸端へ出た糸は、どこかで己の背をじっと見つめる気配を感じた。

ぎくりとして動きを止める。

砂利を踏む音。私を見つめているのは生身の人だ。

「何か御用でしょうか？」

振り返るとすぐ後ろに立っていた人影に、心ノ臓が止まるほど驚いた。こんな近くに来るまで少しも気付かなかったなんて。

「私の名はわかるだろう？」

にやりと笑ったのは、これまで糸が見たこともないほど豊かな肉に覆われた丸っこい女だった。

年の頃は四十を過ぎているだろうか。髪は半分くらいが白髪に変わっていた。張りのある艶やかな頬をしていたが、小さな目鼻は溢《あふ》れんばかりの肉に埋まりかけている。

「あなたがおとらさん……ですね」

縁切り状を書いたのは昨日だ。そう思ったが、心当たりは八卦見のとらしかいない。

「ご名答だね」

とらがゆっくり手を叩くと、しゃりんと音が鳴った。

はっとして目を向けると、とらの腕には古びた三つの輪があった。

「これに見覚えがあるのかい？」

とらが糸の目の先を追って訊いた。

「帷子町でお世話になった方の腕にも……」

「なんだい、あんたは三ツ輪の知り合いかい。それじゃあ話が早いね。三ツ輪は私の叔母にあたる人さ」

とらが腕を振って、三つの輪をまた鳴らしてみせた。

色が変わりかけた古い小さな輪っかなのに、まるで嵐の中の風鈴のように音がよく響く。

とらは、あの三ツ輪の婆さまの血縁なのか。ならば滝の言うとおり、そのまじないの力は疑いようがない。

「悪いが、これを、お滝に渡しておくれ。他人のあんたの手から渡すことに、意味があるのさ」

とらは懐から大事そうに何かを取り出した。

愛おし気に頰ずりをしてから、糸《いと》に差し出す。

「こ、これは……」

糸は目を剝いた。ぞくりと寒気に襲われる。

とらが差し出したのは藁人形《わらにんぎょう》だ。おまけに胴体にいくつも太い針が刺さっている。

言うまでもなく、藁人形は相手に呪いをかけるためのまじないの道具だ。

「無理です。これをお滝さんに渡すなんて、そんなことできるはずがありません」

糸は大きく首を横に振った。

「もちろん、ただでとは言わないさ」

とらが面白そうに笑う。

「いくら金子を積まれても、できないものはできません」

「お滝にこれを渡してくれたなら、あんたのおっかさんの居場所を教えてやるよ」

息が止まった。

「……私の母は、もう亡くなっています」

「そんなことはどうでもいいのさ。生きていようが死んでいようが、おっかさんはあんたに会いたがっているよ」

とらの口調は、糸の背を撫でるように優しい。

「心を乱すような出鱈目は、やめてくださいな」

そうだ、とらの言葉は口から出まかせだ。

そんなことを言われたら、親と別れたすべての人がぎょっとするはずだ。

「ああ、山雀がいるね。灰色と黒と、橙色の胸の賢い子さ。おっかさんは、ずいぶんその子を可愛がっていたらしい」

とらが「ちゅん」と舌を鳴らした。

「……おとらさんには、視えてしまうんですか？」

「ああ、すべて視えるさ」

糸の顔色が変わったと気付いたとらが、満足げに頷いた。

「では、この藁人形をお滝さんに渡すと、どんなことが起きるのか教えてください」

まっすぐにとらを見た。

「どんなこと、だって？　つまらないことを訊くね。考えたらわかるだろう？」

ふいに、とらが決まり悪そうに目を逸《そ》らした。

これまでの摑みどころのない余裕の様子が、まるで嘘のようだ。

「この藁人形で、お滝さんのことを呪い殺すおつもりですか？」

とらは、ただ恵比須屋から八卦見としての任を解かれたというだけだ。慇懃《いんぎん》無礼《ぶれい》と言われてしまえばそれまでだが、大人として礼を欠いた言葉を使っていないことは、糸がいちばんよく知っていた。

「呪い殺すだって？　そんな物騒なことをやってみせるほどの相手でもないよ」

とらは急に落ち着かない顔をする。

「急にあんな文を送りつけられたおとらさんのお気持ちは、よくわかります。ですが今は憤りのままに動いて良いことはありません。しばし、胸の内を休めてお過ごしくださいな」

「うるさいね。私に指図をしないでおくれ」

とらはしかめっ面をしてみせると、踵を返した。

4

縁切りを言い渡された相手、それもよく当たる八卦見だとわかっている人物に対して、私はずいぶん説教めいたことを言ってしまった。

糸は部屋の中でぼんやりしつつ、そんなことを考えた。

香ばしい匂いが微かに漂っていた。どこかで焚火《たきび》をしているのかもしれない。

「お糸ちゃん、一緒にお芋を食べましょう。焼《や》き栗《ぐり》みたいにほくほくした、うんと美味しいお芋ですよ」

可愛らしい声が響いた。

「まあ、お奈々。いらっしゃい」

お奈々が遊びに来てくれるのを、ずっと待っていたわ。

言いかけて、ただにっこり笑う。

そんなふうに言葉を続けたら涙ぐんでしまう気がした。

「三太は昼寝をしてしまったのです。やはりまだ小さい子は、身体がきちんと出来上がっていませんね。ちょっと疲れると、すぐ目を擦《こす》って赤ん坊みたいにむずかります。寝付くまでがたいへんでした。私はへとへとです」

「お奈々ねえさま、お疲れさまでした。お茶を飲みましょう」

糸が湯を沸かしている間、奈々は懐かしそうに目を細めて糸の部屋を見回していた。

「さあ、どうぞ。熱いからやけどをしないように、ふうふう息を吹きながらゆっくり飲みなさいね」

二人で向き合って茶を啜り、芋を齧る。

奈々が言ったとおり、焼き芋は微かに硬さが残って甘みも程よく、まるで旬の焼き栗のようだ。

「とっても美味しいお芋ね」

「お留《とめ》さんのお芋ですよ。『くれぐれもお糸さんによろしく伝えておくれ』と、あの気丈な調子で言っておりました」

焼き芋屋の留は、糸が初めて縁切り屋の仕事をするきっかけになった女だ。

「お留さん、懐かしいわ。どうされているの？」

「幸せそうでもなければ不幸そうでもない、至って普段どおりのお留さんです。つまりきっと、先行きが明るく見えるような心地好い暮らしをしているに違いありませんね」

相変わらずこの子は、大人びたことを言う。

「そう、よかったわ」

「お糸ちゃんのお陰ですね。お糸ちゃんが前の亭主との悪縁をすっぱり切り落としてあげたおかげです。私は、お糸ちゃんのことを心から誇りに思いますよ」

「ありがとう。お奈々はいつもそう言ってくれるわね」

こんなお奈々のまっすぐな想いに、私はいつも助けられてきたのだ。

「お糸ちゃん、お話があります」

「はい、何かしら？　そんなふうに改まって」

「湿っぽい雰囲気はご遠慮ください。人にはみな別れがあるのです」

糸は目を見開いた。

「……ごめんなさい。そんなつもりじゃなかったのよ」

覚えずして感傷に浸っていたところを、しっかりしろと頬を叩かれた気分だ。

「悲しい出来事による死に別れではなく、お互いが気力に満ちた生き別れ。それも私のような子供のほうが、大人のお糸ちゃんを置いて行く。これ以上良いお別れの形はどこにもありません」

奈々がこちらをじっと見た。

「お糸ちゃんとお別れするのなんて、私は少しも寂しくありません」

奈々の言葉の終わりに涙が混じった。

「それじゃあ、私も、お奈々とのお別れなんて――」

糸の言葉に、奈々の目がぎょっとしたように丸くなる。

「嘘よ。とても寂しいわ。けれど、お奈々が幸せそうでとても嬉しい。お奈々の先行きが明るいことがわかるから幸せよ」

ほんの刹那の沈黙。

「お糸ちゃん……」

奈々が糸にひしと抱き着いた。肩を小刻みに震わせて、糸の着物に顔を埋《うず》めた。

「会いたくなったら、いつでも会えるわ。何も心配いらないわ」

糸は奈々の背を幾度も撫でた。

「そうですね。お糸ちゃんは生きています。生きてさえいれば、誰とでもいつでも、会いたいときに会うことができます」

奈々が頷いた。その胸に亡くなった母親の面影が過っているのがわかった。

「お糸ちゃんは、産みのおっかさんに会いたかったですか？」

「えっ？」

「お糸ちゃんを産んだおっかさんに、一度でいいから会ってみたかったですか？」

「……そうね。会ってみたかったわ」

どうしていきなりこんなことを訊くのだろう、と訝《いぶか》しく思いながらも、糸は頷いた。

「それを聞いてほっとしました。私のやったことは、やはり間違っていませんでした」

「何のこと？」

ぎくりと胸が震える。

「先ほど、路地を出たところでおとらさんに頼まれたのです」

「おとらさん、ってあの……」

「八卦見のおとらさんです。恵比須屋のお滝さんに、この人形を渡してほしいと言われました」

糸はあまりのことに口をぱくぱくさせて喘《あえ》ぐ。

「お奈々、その人形ってまさか……」

「おとらさんは、お遣いを頼まれてくれたら代わりに、お糸ちゃんと産みのおっかさんを会わせてあげると言うのです。それを聞いて私は、これは一生に一度の好機、これを逃せばお糸ちゃんがおっかさんに会えることなど生涯ないのではと思い……」

「お奈々、私の訊いたことに答えなさい。その人形は藁人形ね？　それも太い針をいくつも刺された藁人形でしょう？」

奈々の顔つきに、これはいけない、という焦りが浮かぶ。

「藁人形？　そんなものがあるのですか？　確かに言われてみれば針が刺さっていたような気もしますが……」

「とぼけるんじゃありません！　賢いお奈々が、そんなことを知らないはずがないでしょう！」

ぴしゃりと叱ったら、奈々が真っ赤な顔で膨れっ面をした。

「……藁人形なんて知りません。私は、お糸ちゃんにこれまでの恩返しをしたくてやっただけです。お糸ちゃんがいちばん喜ぶことをしてあげたかっただけです」

奈々は素早く立ち上がると、乱暴な足音を響かせて部屋から飛び出した。

5

「お奈々、ちょっと待ちなさい！」

糸が表に飛び出したときには、もう奈々の姿はどこにも見当たらなかった。

「何だい、何だい、騒々しいね」

イネが迷惑そうな顔をして表に出てきた。腕に抱いた飼い猫の大丸も同じくひどく迷惑そうな顔だ。

「おイネさん、聞こえていましたか？　お奈々がまさかあんなことをするなんて」

長屋の薄い壁越しに聞こえているに違いないと思ったが、イネはいかにもどうでも良さそうに大あくびをして首を横に振る。

「私は、あんたの背中に張り付いている生霊じゃないんだよ。何でもかんでも知っているわけじゃないさ」

イネの片側の頬にだけ、ひどく皺が寄っていた。

「お休みのところ、お邪魔をしてしまいましたね。ごめんなさい」

「謝るのはあとでいいから、さっさと何があったか教えておくれ」

「お奈々が、八卦見のおとらさんに頼まれて藁人形を届けてしまったんです」

「縁切りを言い渡してきた相手に、その藁人形で呪いをかけるためにだね」

イネの目が鋭くなった。

「おイネさん、呪いってほんとうにあるんでしょうか？」

いかにもさらりと〝呪い〟なんて言葉を聞くと、背筋が寒くなる。

「もちろんあるさ」

「おとらさんは、ほんとうにお滝さんのことを呪って仕返しをする力があるってことですよね。ああ、お奈々、あの子ったらなんてことを……」

「話は終わりまでお聞きよ。そのおとらとかいう八卦見の力なんて、どうでもいいのさ」

「どういうことですか？」

「呪いってのは、当人がそのことを知りさえすればみんなかかっちまうもんだよ。何らかの形で、あんたを憎んでいる人がいるよ、と知らせるだけでいいのさ。誰かが己を心底憎んでいるって知っちまったら、そのときから人ってのはもう心から笑えなくなるもんなのさ」

　太い針がいくつも刺さった藁人形。

　とらの恨みつらみの相手が己ではないとわかっていた糸でさえも、身の毛が弥立つような気がした。

　誰かがあの藁人形を自分に見立てて針を刺していると知ったなら、きっとそれだけで幾日も寝込んでしまうだろう。

「それじゃあ、お奈々が藁人形をお滝さんに渡した時点で……」

呪いはじゅうぶんな効き目を見せてしまったはずだ。もっとまずいことになった。

「お奈々ったら、いったいどうしてそんな馬鹿なことをするんでしょう！　私のために、なんて言って、己では手に負えるはずのないことに首を突っ込んでしまうなんて」

「お糸、あの子はまだ子供だよ」

イネがのんびりと言った。

「いくら賢そうに見えたって、まだ十を過ぎたばかりの、生きるのに少しも慣れちゃいないお馬鹿な子さ。私たち大人が尻拭いをしてやらなくちゃいけないのは、当たり前だろう？」

糸ははっと我に返った心持ちで頷いた。

「……確かにそうです。お奈々はまだ子供でした」

私はもう大人、それも縁切りを仕事にしている者だ。

どうしたらいいのかしら、なんて困惑している暇はない。

一刻も早くに、この事態をきちんと納めなくてはいけないのだ。

「私、すぐにお滝さんのところに行ってきます。それと、おとらさんのところにも」

「そうしておくれ。私は大丸と一緒に昼寝に戻るとしようかね。あと十も若けりゃ、呪いの藁人形とやらの見物に付き合ってやれたんだけれどねえ」

「おイネさん、ありがとうございます。今日もまた、大事なことを教えていただきました」

糸は、足元がよろついたイネに手を差しのべた。

「何だい、急に気味の悪いことを言うね」

イネが胡散臭そうに顔を顰めた。糸の手を振り払う。

「私がもうじきにくたばると思っているのかい？　悪いけれどそうはいかないよ。これからうんとうんと長生きして、もっともっと捻《ひね》くれた婆《ばばあ》になってやるからね。覚悟しておきな」

イネの腕の中で、大丸が、ぶしゅんと可愛らしくないくしゃみをした。

6

滝のいる恵比須屋に早足で向かっていると、急に空が暗くなってきた。

ぽつり、と大粒の雨粒が額で弾《はじ》けた。

あれよあれよという間に、滝のように激しい雨が降り出した。

「嘘でしょう！　雨が降りそうな気配なんて少しもなかったのに……」

思わず悲鳴のような声を上げて、周囲を見回した。

ちょうど店が途切れて田畑の畔道《あぜみち》に入ったところだった。軒先で雨宿りができそうな場所は見当たらない。

そうしているうちに目を開けているのも恐ろしいほどの雨になる。とにかくそこにあった納屋に逃げ込んだ。

「失礼いたします。どなたかいらっしゃいますか？」

中には泥のついた農具が置かれているだけで、人影はない。

納屋はしっかりした造りらしく、天井で鳴る雨音は凄《すさ》まじいのにどこも雨漏りはしていないようだ。

「少しだけ、お邪魔させてくださいな」

この調子の激しい雨足はそうそう続かない。おそらく通り雨だ。きっとすぐに小雨に変わるだろう。

糸は開けた戸の向こうに広がる、まるで夜のように暗い空を見上げた。

暗闇なのに夜ではないから月も星もない。灰色の雲さえ見えない。空からはただ銀色の雨が針のように降り注ぐ。

「お糸」

背後から誰かに名を呼ばれた。

聞き覚えがないはずなのに、胸に迫る懐かしい女の声だ。

まさか、と身構えた。

「お糸、お前は私のことを探してくれているのかい？」

納屋の中が一寸先もわからないほどの暗闇に包まれる。

「こちらに顔を見せておくれ。おっかさんにお前の顔を見せておくれ」

野の花のような、微かにほろ苦く甘い匂いが漂った。

〝おっかさん〟という言葉に、身体中の力が抜けていくような空しさ、寂しさに包まれる。

今にも振り返って、母の胸に飛び込みたかった。

「私がどこにいるか知りたいと聞いたね。私は今――」

「おとらさん、お止めください」

糸は冷めた声で言い放った。

納屋の中に漂っていた何者かの気配がふっと消えた。

これは、おとらが遠くから私に見せている幻だ。

「私はこんなこと、決して受け入れません。おとらさんの力を借りずとも、己の手で母を見つけ出し、弔います」

背筋を伸ばして前を向いた。

「私は振り返りません。この世で母の顔を見ることは、諦めています。私がすべきなのは――」

奥歯を噛み締めた。

「母が、そして己がこの世に生まれてきたことを受け入れることです」

雨が止んだ。

分厚い雲が割れて、白い日の光がゆっくりと広がる。水たまりが鏡のようにきらきらと輝いた。

大木に身を寄せた小鳥たちが囀る声を聞きながら、糸は納屋からゆっくりと表に出た。

7

深川近くの恵比須屋は、着飾った若者たちの賑やかな人だかりのおかげですぐに見つかった。

「女将さんのお滝さんはいらっしゃいますか？」

店先の小僧に訊くと、小僧は申し訳なさそうに、

「生憎《あいにく》、女将は――」

小僧がへくしょい、と大きなくしゃみを幾度もした。

「すみません。ええっと、何のお話でしたっけ……」

「女将さんのお具合はいかがでしょうか？　お見舞いに参りました」

　八卦見から太い針を何本も刺された藁人形を押し付けられたら、寝込んでしまうのは当たり前だ。

「へっ？　女将は至って普段どおり壮健そのものですよ。馴染みの問屋へ行っております。昼前には戻ると申しておりましたが、先ほどの通り雨のせいもありまして今のところまだ……」

「お糸さん？」

　振り返ると、真新しい傘を手にした滝が店の前に立っていた。

「あ、女将さん、おかえりなさいませ」

　小僧が深々と頭を下げる。

「このお方が、ええっと、女将さんのお見舞い？　にいらしたと仰っています」

　滝がぷっと噴き出した。

「お見舞いですって？」

「私の勇み足だったようですね」

　すべて合点している様子の滝に、糸は肩を竦めた。

「お糸さん、ありがとう。私のことを心配してくださったんですね」

「同じ長屋のお奈々が、お滝さんにたいへん失礼なことをしてしまったと聞いて、慌てて飛んで参りました」

糸は深々と頭を下げた。

「ああ、あのこまっしゃくれた子、お奈々っていうんですね」

滝がくすくすと笑う。

「あの人形、こちらでいただいて帰ります。きちんとお寺でお焚《た》き上げをして、厄を払っていただきますのでご安心ください」

「もうありません。川に、ぽいって捨ててしまいましたよ」

「川に、ですか？」

糸は目を丸くした。

滝がその顔を見て面白そうにけらけらと笑う。

「そりゃ、最初は驚きました。ぞっとしましたよ」

奈々が渡してきた藁人形は、古びた布袋に入っていたという。

怪訝な心持ちで、部屋で布袋の中身を確かめた滝は、悲鳴を上げて藁人形を放り出した。それからしばらくは、ただ己の身を抱いて震え上がっていたという。

「けれど私、次第に、むかむかと腹が立ってたまらなくなってきたんです」

どうして私がこんな目に遭わなければいけないのだ。私は何も悪くない。

ふいに滝の胸を過ったのは、まるで十二の娘の頃のような、いくぶん不貞腐《ふてくさ》れた憤りだった。

滝は藁人形を指先でひょいと摘《つま》むと、表に駆け出した。奉公人たちの目を盗んで店の裏の小川に向かうと、流れの速い水面に向かって藁人形を力いっぱい放り投げたのだ。

「藁人形は、一度も浮かび上がらずに水の底に落ちていきました。すっとしましたよ」

糸は呆気《あっけ》に取られて滝の姿をじっと見つめた。

「どうしてお滝さんは、そんな気丈な振る舞いができたんですか？」

人の禍々しい想いが詰まった藁人形なんて、放り捨ててしまえばいい。しかし、そう頭ではわかっていても、それができないからこそ皆が苦しむのだ。

「私、おとらが亡くなったおっかさんに似ているんだと気付いたんです。私が十四のときに病で亡くなったおっかさんです」

滝の母は躾《しつけ》に厳しい人だったという。

おまけに女はこうしてはいけない、こうでなくてはいけないと思い込みの激しい人で、娘の滝は常に母の顔色を窺って暮らしていた。

「おっかさんが亡くなって、私は寂しく思いました。逐一こうしろああしろと口うるさいことを言ってくれる人がいないということは、こんなに寂しいことなんだと気付いてしまったんです」

お節介を焼いてもらえなければ、己のことはすべて己で決めるしかない。

日々を過ごす中でどうにか少しずつ、そんな暮らしにも慣れることができた。それが、あの大火のせいで、抑えていた寂しさが急に広がってしまったのだ。

「あの藁人形を目にしたとき、もう一度、何もかもおとらに決めてもらっていたあの頃に戻りたくなったんです。己の頭では何も決めず、禍々しいもの、恐ろしいものから守ってもらえたあの頃に戻ってしまえたらどれだけ楽だろうと。けれど……」

滝が遠くを見る目をした。

「そう思ったはずなのに、急に怒りが込み上げてきたんですね」

「ええ、そうなんです。昔になんて戻ってたまるか、という声がはっきりと胸の内で聞こえました。昔に戻るのなんてもうこりごりです」

滝が力強い笑みを浮かべた。

「……わかりました」

糸はゆっくり頷いた。

「お滝さんは変わられたんですね。おとらさんに出会ったおかげで、己の道を己で決めることができる人に変わられたんです」

「何ですって？」

滝が動きを止めた。

「……おとらに出会って、私が変わった、ですって？」

みるみるうちに、その目に涙の膜が浮かぶ。

「お滝さん、もう一度お文を書きませんか？　あなたの言葉で、おとらさんに今のほんとうの想いを綴《つづ》りませんか？　私がおとらさんに、そのお文をお届けします」

糸は涙を拭う滝の背をそっと撫でた。

8

元木場の辻で通りすがりの人に訊くと、とらはすぐに見つかった。

莫蓙を敷いた上にぺたんと尻をつき、紫の布を身体に巻き付けて、ぼんやりと虚空を見つめて煙草を吸っていた。

大きな身体が、空気の抜けた紙風船のように萎《しぼ》んで見える。

「おとらさん」

糸が声を掛けると、とらはぎょっとした顔をした。

「あんたに用はないよ」

とらは煩《うるさ》そうに手で払って追い返そうとする。

「私はすべて視たさ。可愛い可愛いあの藁人形が、水の中にぽちゃんと放り捨てられて沈んじまったことだってね」

今にも涙ぐみそうな哀しい顔つきに、この女が滝に呪いをかけるなんて恐ろしいことをしようとした八卦見だということを忘れそうになる。

「占いをしていただけますか？」

糸は莫蓙の端に座った。

「嫌だね。もう八卦見はやめるんだ。私のまじないはいんちきさ」

「そんなことを仰らないでくださいな。それでは占いの代わりに、しばらく私の話し相手になってくださ い。それならばいいでしょう？」

糸は眉を八の字に下げて、窘めるように言った。

不貞腐れた顔のとらが掌を突き出してきたので、占いと同じだけの銭を握らせる。

「おとらさんのその力のおかげで、お滝さんはもう一度歩み出すことができたんです。そのことに気付いたお滝さんは、おとらさんに心から感謝されていましたよ」

「けれど結局、私は使い捨てさ。苦しいところから助け出してやったのに、いざ立ち直ることができたら、私のことは汚らわしいもんでも見るような目で見やがる。どいつもこいつも、私は八卦見なんかに頼ったわけじゃないんです、あんなのはいんちきですよ、なんて言って回る始末さ」

とらの言葉は、滝だけに向けられているものではないとわかった。

今まで幾度も、とらは様々な者の心を捉えては、こうして切り捨てられてきたのだ。

糸の胸がちくりと痛んだ。

「確かに人の胸の内に入り込まなくてはいけない仕事というのは、苦労が多いですよね」

とらが怪訝そうな目を向けた。

「そういや、因果な商売って話じゃ、縁切り屋のあんたも負けちゃいないね」

「ええ、わざわざ見なくても良いようなものを、うんとたくさん目にして参りました。人の気まぐれや、己でも気付いていなかったような裏の想いに振り回されるのは、しょっちゅうです」

嘘や偽り、虚栄や軽蔑。縁切り屋の糸のところに集う人々は、そんな、まともに暮らしていれば滅多にお目にかかれないようなものを平然とぶちまけていく。

とらが初めて笑った。

「やめたくならないかい？」

「いつもやめたいと思っておりました。けれど、大火の後の荒《すさ》んでしまったお江戸には、私の力が少しは役に立つのではという想いもありました」

「生霊が視えちまう、って物騒な力のことだね」

「おとらさんには何でもお見通しですね」

糸は小さく笑った。

「けれど私は、最近、ようやくこの仕事に面白さを感じ始めたんです」

「面白いだって？　趣味が悪いね」

「面白いというよりも、やりがいという言葉が近いかもしれません」

「そりゃ嫌な奴が、誰かから縁を切られて右往左往しているところを見たら、とんでもなくすっきりするだろうさ。立派なやりがいだね」

「意地悪を仰らないでくださいな」

確かにごくごくたまには、そう思うときもありますが。

糸はくすりと笑った。

「この仕事は、人が変わるところを見ることができるんです」

縁切りを胸に決めた依頼者も、縁を切られた相手も、糸が縁切り状を書くことによって、糸との出会いによって様々に変わっていく。

「良いほうに変わるばかりじゃないだろう」

「私は、人が変わるのは皆、良いことだと思います」

「まさか。あんたの言い草がほんとうなら、ひょんなことがきっかけで狐《きつね》が憑《つ》いたみたいに遊び回るようになった男や、急に人が変わったようにあばずれになっちまった女房や、苦しい時だけべったり頼ってきて、調子が良くなった途端に掌返しをしてくる不実な奴ら。あいつらは、いったい何なんだい？」

糸は密かに拳を握った。

「ときには、周りから良く見えない変わり方もあるかもしれません。けれど、その人たちにはきっとそんなときが必要なんです。この世を少しでも長く生き延びるために、そのときがどうしても必要なんです」

人は生きるために変わる。

少しでも長く心安らかに生きるために、これまでの己の拘《こだわ》りを捨て、古びてしまった縁を捨てて、何度でも新しく生まれ変わっていく。

大事な人が変わってしまうのは、決して悲しいことではない。その姿に力をもらい、己もまた別の自分へと変わっていくときが来たということなのだ。

「うんと痛い想いをしたことがない、いかにもお嬢ちゃんらしい考えだね」

「まあ、お嬢ちゃんですって？　おとらさんは、私の出自をご存じでしょうに」

とらが煙草の煙をふうっと糸に吹きかけた。

「鈍い子だね。嫌味で言っているのさ」

糸は目を見開いた。ぷっと噴き出して笑う。

「あんたの話し相手はここまでだよ。手を出してみな」

「えっ？」

「占ってやるって言っているんだよ。金は貰うからね」

恐る恐る掌を差し出した。

「手相じゃないよ。私はそんなことしなくたって、何でも視たいものが視えるのさ」

とらが糸の手を、ぐいっと力強く摑んだ。

「何が知りたい？」

「え、えっと……」

急に言われて頭の中が真っ白になってしまった。

「まだるっこしいね。占いに来たって声を掛けるんなら、口実ぐらい用意しておきな」

とらが糸の掌をぴしゃりと叩いた。

「これから先、あんたが心から望んだことは、すべて叶うさ。けれど人のことが羨ましくてちょいと色気を出した程度のことは、驚くほど上手く行かない。おや？　そんなのは当たり前だ、って顔をしているね。けどこれは大事なことさ。ここで力を入れる加減を間違えると、人生は滅茶苦茶《めちゃくちゃ》になるからね。それと――」

とらの目に光が宿る。

紛れもない八卦見の顔つきだ。

「一、二、いや、三だ。何もかもが上手く行かないという局面になったら、三度、大きく息を吸って吐いてごらん。一は文字どおり一息つく、二は元の己を取り戻す、三で初めてあんたは〝変わる〟のさ」

「三で、私は変わる……」

どこか掴みどころのないその言葉を、ゆっくり繰り返した。

「そうさ、あんたのお得意の〝変わる〟だ。いい言葉だね。いかにも占いが好きな若い娘が好みそうな言葉だよ」

とらはにやりと笑った。

9

一度、二度、三度と息を大きく吸って、吐く。

帰りの道すがら、糸は胸の内で「いち、に、さん」と数えながら、幾度もそんなふうにやってみた。

ゆっくり大きな呼吸をしながら歩くというのは、結構力を使うものだ。いつの間にか額に汗が滲むのを感じた。

「……お滝さんがもしも、おとらさんとの出会いで良くないほうに変わっていたとしたら」

糸は息を上げて歩きながら、己だけにわかるような小さな声で呟く。

「きっとおとらさんのほうが、お滝さんのことが重荷になって突き放していたはずよ。最初は相手に頼り切っていた者が自らの足で立ち、自ら繋《つな》いだ手を離す。これ以上に良い形のお別れはないいんだわ」

相手に頼り切っていた者が自らの足で立つ。そんな言葉に、自ずと奈々の可愛らしい顔が胸に浮かんでいると気付く。

奈々はほんとうに立派に育ってくれた。

お隣さんとして手助けをしただけの仲だとはわかっていても、誇らしい気持ちが胸いっぱいに広がった。

人の親というのはおそらく皆、こんなふうに我が子の力強い姿に喜ぶと同時に、どこか物寂しい想いを味わっているのだろう。

糸は空を見上げた。千切れた綿のような白い雲が輝く、青空が広がっている。

「お奈々のおっかさん、どうぞあの子を見守っていてあげてくださいね」

幼い我が子との今生の縁が断ち切られてしまう寂しさは、いかばかりか。

奈々との別れのときになって初めて、糸は奈々の母の無念に寄り添うことができたような気がした。

「お糸さん」

声を掛けられて、ふっと息が止まった。

振り返ると長屋の木戸のところに、銀太の姿があった。

銀太はイネと縁を切った生き別れの息子で、今は小石川《こいしかわ》で医者をしている。

熊蔵と同じ町で育った幼馴染《おさななじみ》として、熊蔵との間に起きた出来事に悩んでいた糸に、まっすぐに向き合ってくれた。

糸にとっては、かつて熊蔵のため、いや、熊蔵と暮らす安心のために、芽生えた恋心を抑えると決めた相手でもあった。

「銀太先生……」

「つい先ほど、お奈々からすべてを聞きました。『私はお糸ちゃんと仲直りがしたいので、銀太先生がお糸ちゃんのところに行って、代わりにそう伝えてください』なんて言っていましたが。どうして私がそんなことを頼まれなくてはいけないのでしょうね」

銀太が可笑《おか》しそうに笑った。

「まあ、お奈々がですか？　まったくどうして、銀太先生のところに行ったのかしら。それに仲直りですって？　あの子、いったい何をしでかしたかきちんと話しましたか？」

「お奈々は良かれと思ってお手伝いをしたのですが、お糸さんにはその心は伝わらなかった、とのことでした」

「あの子ったら、そんな調子がいいことを」

わざと膨れっ面をしてみせてから、糸は銀太と顔を見合わせて笑った。

「熊蔵の話も聞きました」

糸は動きを止めた。

「お糸さんのその選択はきっと正しいものだと思います。他の誰かに言われたわけでなく、かわいそうな誰かのためだと言い訳をすることもなく、きちんと己の胸の内を見つめ縁切りを済ませたお糸さんに、驚きました」

糸は頬がかっと熱くなるのを感じた。

熊蔵のため、イネのためにとずっと抑えていた気持ちが、再び戻ってくる。

あなたのお陰です。あなたが私の目を覚まさせてくれたからです。

人は皆、いつまでも誰にも嫌われず、ひっそり静かに生きるなんてことはできないんだと教えてくれたから。あなたが己の人生に向き合わなくてはいけないと教えてくれたから、私は変わることができたんです。

「銀太先生にそんなふうに言っていただけますと、何だか照れくさいです。私は、ただ己の気が済むように行動しただけです。大人ならば当たり前にできたはずのことです。少しも立派なことではありません」

「おかえりなさい。私はお糸さんの帰りを待っていましたよ」

糸は銀太の顔を見上げた。

銀太が目を細めて笑う。

糸も思わず微笑み返しそうになったそのとき。

「ぐぎゃあああああ！」

いきなり頭上から、獣の鳴き声が響き渡った。

「きゃっ！　いったい何!?」

糸は叫んで飛び上がった。

銀太も驚いて周囲を見回す。

「大丸か？　そんなところでいったいどうした？　それに何だ今の声は？　怪我でもしたのか？」

長屋の屋根の上から、大丸が怖い顔で二人を睨みつけていた。

長い尾がゆらりゆらりと左右に揺れている。先ほどの鳴き声は、怯えていたり痛い思いをしたせいではなさそうだ。

「うおおおおおん！」

大丸の横から一回り小さい身体の豆餅がひょこりと顔を覗かせると、大丸の真似をして吠《ほ》えた。

二人揃って、まるで虎のような険しい顔つきだ。

糸と銀太ははっと半歩後ずさった。いつの間にか二人の間はずいぶん縮まっていたのだと気付く。

――銀太に乗り換えることだけは決して許さないよ。

熊蔵に会いに行くと決めた糸に向けたイネの言葉が、胸を過った。

そうだ、イネの言うとおりだ。

熊蔵との縁を切ってすぐに、まるでようやく身軽になったかのように銀太との縁を望むなんて。

そんな軽はずみでは、銀太に失礼だ。

「すみません、家の用事が残っていました。きっと猫たちは、今朝、私が片づけをせずに部屋を出てしまったので怒っているんです。この子たちとても真面目ですから。この長屋の住人が適当な暮らしをしているのは我慢がならないんです」

「大丸と豆餅が、ですか？　お糸さんの部屋の中にまで、彼らが目を光らせているんですか？　ここがそんな厳しく恐ろしい長屋だったとは、少しも……」

銀太が首を捻った。

「では、失礼いたします」

糸は素早く目礼をすると、銀太の横をすり抜けた。銀太の着物から微かに煎じ薬の匂いを感じる。

糸は慌ててその残り香を振り切るように目を伏せた。

第四章　あの世の友

1

朝の霊山寺の境内には、どこか涼しい風が流れる。

糸と藤吉が育った湯島の霊山寺は大火で焼けてしまい、浅草に再建したばかりだ。だが、一歩足を踏み入れたときに漂う雰囲気は、湯島の頃と少しも変わらない。

ひんやりとしているのにどこか心地好い、禍々しいものから守ってもらえているような安心を与えてくれる風だ。

「おお、お糸か。珍しく顔を見せてくれたね」

出迎えた住職は、目を細めて喜んだ。

「ご住職、ご無沙汰しておりました」

「さあ、さあ、上がりなさい。今日は良い日だ」

住職と二人、奥の部屋で庭を眺めていると、夕暮れ時の小鳥が群れたような大騒ぎが近づいてきた。

「お糸、すぐに隠れなさい。お前が来ていると知ったら、子供たちは大喜びだ。私たちが落ち着いて話をする間なぞなくなってしまうぞ」

「は、はいっ」

住職に促されて、慌てて衝立《ついたて》の後ろに隠れる。

「ご住職、おはようございますっ！」

寺に預けられた子供たちの可愛らしい声が次々と聞こえる。

幼い頃の己の、たまらなく人恋しい気持ちを、そして藤吉たちの頼もしくやんちゃな顔を思い出す、懐かしい賑やかさだ。

「ああ、おはよう」

「あれ？　お客さんかな？」

「いやいや、これは、私のお茶だ」

「でも、湯吞が二つ……」

「二つとも私のお茶だ」

「ん？　なんか変だね」

「変だぞ」

「うーん。おかしいなあ」

「大人になると、一度に二杯茶を飲みたくなるときもあるんだ。さあさあ、早く庭の掃除に取り掛かりなさい」

住職はどうにかこうにか子供たちを追い払った。

「お糸、もう出てきても平気だよ」

「はい」

糸は笑いを堪えながら姿を現した。

「いつもどこでも、お客に遊んでもらう隙がないかと目を光らせておる」

「よくわかります。私もあの子たちと同じでした」

霊山寺を訪ねてくる大人たちは、皆、仏さまの前なのでとても優しい。

幼い糸は、藤吉たちと一緒に、客人を待ちわびて次々飛び掛かるようにして遊んでもらったものだ。

「つい先日、藤吉がここへ挨拶に来たぞ。しっかりした気丈夫そうな女房を連れてな」

「お志津さんにお会いになったんですね」

あれからお上に自首した志津は、自ら申し出たことを殊勝として、これまで金を騙し取った相手への弁済を条件に許された。

すぐに畑仕事の手伝いの口を探し、藤吉と共に身を粉にして働いているので、糸が二人と顔を合わせる暇はほとんどなかった。

「良いご縁だ。挨拶に来た顔を見ればすぐわかる」

住職はにっこり笑った。

「ご住職がそう仰るなら、あの二人は生涯幸せに添い遂げることができる、ということですね」

安心しました、と続けようとすると、住職は笑みを浮かべたまま首を横に振った。

「誰だって先のことなんて皆目わからない。けれどどんな形で終わるとしても、あれは良いご縁だよ」

——どんな形で終わるとしても、良いご縁。

住職が、糸と熊蔵のことを言おうとしているのだと気付いた。

「熊蔵さんとはお別れをしました。せっかくご住職に喜んでいただいたのに、申し訳ありません」

「お糸がよく考えてのことならば、それがいちばん良い道だ」

少しも動じない住職の様子に、救われた想いになる。

「今日は、それだけを言いに来たわけではあるまい」

「ええ、実はご住職にお願いがあって参りました」

糸は姿勢を正した。ゆっくり息を吸って、吐く。

「私の産みの母を探していただけないでしょうか」

「どういうことだい？　お糸を産んだ母のことは、養い親も行方がわからないと言っていたはずだが」

住職が糸の胸の内を見据えるように、こちらの目を覗き込んだ。

「私の産みの母は、大火で亡くなったと知りました」

幼い頃から暗闇で私のことをずっと見つめていた恐ろしい目。あれは私の産みの母の姿なのかもしれない。

糸が、帷子町の三ツ輪の婆さまに、そして八卦見のとらに言われたことを話す。住職は終始厳しい顔で黙って聞いていた。

「身寄りのないまま葬られた、私の母くらいの年頃の人のお話を耳にしたことがあったら、ぜひ教えていただきたいんです」

「大火で亡くなって身元がわからない者は、それこそ星の数ほどいる。その人の生前の人となりが少しでもわかるかい？」

「私の産みの母は、とても小鳥が好きだったそうです。そのくらいしかわかることはないのですが」

住職の顔がほんの僅《わず》かに強張った気がした。

そのとき、襖の向こうで小僧の声が聞こえた。

「ご住職、松屋《まつや》様がいらしていますがどういたしましょう？　客人がいらしているとお伝えしたのですが、どうしてもすぐにご住職にお目にかかりたいとのことで、いつまででもお待ちしますと仰っています」

「松屋様か……」

住職が困った顔をした。

「私、もうお話は終わりましたのでお暇《いとま》いたしますね」

「いや、せっかく来たばかりですぐに帰ることはない。むしろ、お糸に少しだけ席を外してもらうほうが万事上手く行く」

「えっ？」

「足袋問屋の松屋様は、少々憂いが深くおいでなんだ。こんなときはあまりいつまでもだらだらと話を聞くと、余計に不安が増してしまう。どうしても人に打ち明けたい大事なところだけを話して、楽になって帰っていただきたいと思ったものでな」

住職が難しい顔をした。

「わかりました。それでは、しばらく境内をお散歩してお待ちしておりますね」

「そうしてくれると助かるよ。聞いたね。客人に席を外してもらっているという旨、きちんと松屋様にお伝えしておくれ」

住職の言葉に、小僧は「承知いたしました」と大きく頷いた。

2

毎朝掃き清められている境内には、箒の跡の上にたくさんの子供の足跡が重なる。

「まあ、ここで転んだのね」

糸はくすっと笑った。

誰かが尻餅をついた跡。その周囲を子供たちが取り囲んでいる足跡。

中に、ひと際、踏ん張った足跡が見て取れた。

少し大きな子が泣いている子を慰めて、背負ってやったのかもしれない。

そんなことを想像しながら、行きては戻る子供たちの足跡を追いかけるようにのんびり境内を進んだ。

「あ、あの、えっと、もしかして……」

上ずった声が背後から聞こえて、驚いて振り返った。

年の頃十四、五か。美しく装った裕福な商家の娘だ。

身に着けているものは良いものなのに、ずいぶん痩せ細っている。うんと頬がこけているが、少女らしく染み一つ見当たらないのがちぐはぐな雰囲気だ。

「縁切り屋のお糸さん、ですか？」

娘はまるで憧れの役者に話しかけるように、頬を染めて言う。

「ど、どうしてそれを？」

糸は驚いて目を剝いた。外を歩いていて、いきなり「縁切り屋」と呼ばれたのは初めてだ。

「やっぱりそうでしたか！　一度、町でお見かけしたときに、お友達から教えてもらったんです」

「お友達ですか？　いったいどなたですか？」

糸のところに縁切りに訪れた人々の顔が、次々に胸に浮かぶ。

「それは内緒です。私、こう見えて口が堅いんです」

娘は悪戯っぽく笑った。人懐こい可愛らしい笑顔だが、痩せた顔が急に物悲しく見えた。

「私は松屋の清《きよ》と申します。お糸さん、どうか私の力になってもらえませんか」

「どなたかと縁切りをされたい、ということですか？」

松屋と聞いて、清は住職の客人の娘なのだと気付く。

どうしてもすぐに住職に会いたい、と無理を言った松屋の相談事とは、この娘のことなのかもしれない、と身構えた。

「ええ、私、猫の真白《ましろ》と縁を切りたいと思っています」

「猫、ですか……？」

糸は怪訝な心持ちで訊き返した。

「真白はその名のとおり、美しい真っ白な猫です。けれど、己が死んだことに気付いていないのです」

「どういうことですか？」

「真白は一月前に息を引き取りました。私にとって、これまで生きてきた中でいちばん辛く悲しい出来事でした。真白は私が三つのときに貰われてきた猫です。私は真白のことを、ほんとうの妹のように可愛がっていました」

清の声が震えた。

「そうでしたか。悲しい想いをされましたね。三つのときから一緒に暮らしていたということは、その子は十を越えていましたか。大事に育てられたのですね」

糸は、しゃくりあげる清の背をそっと撫でた。

身体を撫でると華奢《きやしや》な骨が当たり、より痩せているとわかる。

清は可愛がっていた猫を亡くした悲しみのせいで、こんなに痩せてしまったのだろうか。

「私、真白がいないのが辛くてたまらないんです」

「真白は、お清さんのことが大好きだったのでしょう？　お清さんが健やかに暮らすことを願っていますよ」

糸は、縋りついてくる清を優しく諭した。

「真白、そうなの？　ねえ、答えてちょうだいな」

ふいに清が顔を上げ、何もないところに向かって言った。

「違うわ。そっちじゃないわ。こっちを見て、ってば」

清が悲痛な声を出す。

「真白の姿が見えますか？」

不穏な調子に、糸は思わず周囲を見回した。

「ええ、そこの木の陰で」

清がどこか視点が定まらない目で、木陰を指さした。

糸ははっと息を呑んだ。

清は大事に可愛がっていた猫を亡くしたことで、心気を病んでしまったということなのか。

「お父さまには妙なことを言うんじゃない、とひどく怒られました。そのうち、気味が悪いと言い出して、ご住職のところへ相談に行こうと連れ出されました。ですが、何度ご住職にご供養をしていただいても、私には真白が見えるんです」

「その真白と縁切りをされたいということですね」

「ええ、真白のことは大好きです。けれどこのままではいけませんもの。私と真白、二人のためによくないとわかるんです」

清が涙ながらに、痩せ細った両手を握り締めた。

真白が見えなくなれば、清はこの悲しみから立ち直ることができるのかもしれない。

「お清さん、猫の真白への縁切り状、いつでも書かせていただきますよ。ですがもう少しじっくりお話を聞かせていただけますか？」

糸が言うと、清はこくんと頷いた。

3

「そうか、お清に会ったのか」

小僧に呼ばれて糸が本堂へ戻ると、住職は少し困った顔をした。

「あの娘は昔から気の細い子で、私も心配しておった。友も少なく、ほとんど表に出ることもなく、ずっと部屋で本や読売を読んで猫と一緒に過ごしていたそうだ」

もしかすると、清が友達から糸のことを聞いたというのは嘘で、読売に糸の縁切り屋のことが書かれていたのかもしれない。

熊蔵が川に落とされた子供を助けたときに、あることないこと書き綴った品のない読売もあったとちらりと聞いたような気もする。

「お清さんは、その大事に可愛がっていた猫の真白を失った悲しみから、立ち直ることができていないようですね」

あれから清は、「ほら、そこに、あそこにもいます」なんて言いながら、境内じゅう真白の影を追って歩いた。

糸は、最初のうちは清の指さすほうに目を向け、「残念ですが、私には何も見えません」などと慎重に相手をした。

しかし、次第にむずかる赤ん坊をあやすような気分になってきた。終わりのほうは「お清さん、真白は今どこにいますか?」「ああ、今はあそこにいます」なんて、かくれんぼをして遊んでいるような有様になった。

「ああいう気の細い子は、まれに、この世に残った霊が視えてしまうといってここへ連れられてくるのだ。お清のあの窶《やつ》れようと、真白の姿が見えると言い張る姿に、松屋様は深く心を痛めておる」

「お清さんは、ほんとうに真白の姿が視えているのでしょうか」

「思い込みだよ。視たいものが視えるというのは、ただ己の念の強さが幻を見せているだけだ」

住職がきっぱりと言い切った。

確かに糸を従えて真白を追い、境内を歩き回る清の姿は、悲し気ながらどこか楽しんでいるようにも見えた。少なくとも、異形のものが現れたという恐ろしさはどこにも感じなかった。

「確かに、視たくないものがさんざん視えてしまっていた身としては、ご住職のお言葉が正しいように思えます」

糸は小さく笑った。

住職がおやっという顔をした。

「ご住職、どうされました？　そんなに目を丸くされて」

「お糸が、そんな冗談を言えるようになるとは驚いた」

「冗談……？」

怪訝な心持ちで訊き返して、はっと気付く。

住職は、糸が暗闇の視線のことを気軽に口に出したことを言っているのだ。

「人と違う己とは、これが私だと受け入れてしまえば怖いことは何もない。お糸は、ようやくそれに気付いたということだな。えらい、えらい」

「そんな、えらい、なんて仰らないでくださいな」

幼い頃のように住職に褒められたのが嬉しくて、糸ははにかんで目を伏せた。

私はほんとうに、住職の言うように〝人と違う己〟を受け入れることができているのだろうか。

「だが、お清はまだ年端も行かぬ娘だからなあ」

住職が難しい顔に戻った。

「若いうちにこの世の見方を歪ませてしまうと、これから先、生きるのがどんどん苦しくなってしまう」

「ご住職は、これまでお清さんのような人には、どう関わっていらっしゃいましたか?」

「大事な誰かとの別れを乗り越えるには……」

住職が糸に向き合った。

「時が過ぎるのを待つことだ。身体でも胸の内でも、傷を治すにはただ身体を休めて時を待つ以外に道はない」

「それじゃあ、周りができることは何もないのでしょうか」

時を速く進めることは誰にもできない。

「見守ることだな。お糸が悩み苦しんだ頃に、皆にしてもらったことを思い出してごらん。付かず離れず、決して己の想いを押し付けることなく、ただ、傷の治りを信じて見守ることだ」

確かに私は、そんなふうに皆に見守ってもらっていた。

糸はそっと己の胸に掌を置いた。

掌の温《ぬく》もりが胸に、そして身体じゅうに広がるような気がして、長屋の皆の顔が次々と浮かんだ。

そうだ、私が皆にしてもらったことを返さなくては。

糸は頷いた。

「わかりました。それでは、もしもお清さんがほんとうに真白との縁切りを望むと仰ったら、私のところにいらしてくださるようにと伝えていただけますか」

「縁切りだって？」

住職が耳を疑う顔をした。

「ええ、お清さんは、当初は私に縁切りを頼むつもりだったのです。私がお話を聞いているうちに、いつの間にかその話は消えてしまいましたが」

糸は住職に、「縁切り屋のお糸さん」と声を掛けられたときのことを説明した。

「縁切りか。私も松屋様も、お清はその逆で、いつまでも真白の幻に浸っていたいものとばかり思っておったぞ」

「お清さんは、周囲が思っているよりもずっと、己のことを落ち着いた目で見ているのかもしれませんね」

――このままではいけませんもの。

清の冷めた声を思い出す。

「たしかにそうかもしれんな。わかった、お清がもしそれを望むようなら、お糸のところへ行くように伝えよう」

住職は大きく頷いてから、

「お糸ならば、きっとお清の大きな助けになってくれるはずだ」

と、しみじみと続けた。

4

糸が長屋に戻ると、イネが路地で敷物の埃を叩《はた》いていた。

傾きかけたお天道さまの光に、たくさんの猫の毛がわっと舞い上がっているのが見えた。ちょうど路地に誰もいないからと、大丸を始めとする猫たちの寝床の大掃除中に違いない。

たいへんなところに出くわしてしまった。

イネ自身も、へくしょい、へくしょい、と大きなくしゃみを何度もしている。

糸は、胸の内でひいっと悲鳴を上げて、慌てて着物の袖で顔を隠した。しばらく近所を散歩してから、戻ってきたほうが良さそうだ。

「ちょっとお待ち！　そこにいるのは、銀太かい!?」

イネの鋭い声に、息を呑んだ。

「い、いいえ。糸です」

糸は袖から顔を覗かせた。

「銀太先生ではありません……」

銀太、という名が出たことに、心ノ臓が止まるくらい驚いていた。

「なんだ、お糸かい。ここいらはとんでもない量の猫の毛が舞っているから、息を止めて通りな」

イネが敷物を雑に振りながら、部屋に戻っていった。

「は、はい。失礼します」

困惑しつつ路地を進むと、右隣の部屋の前で「お糸さん」と岩助に声を掛けられた。戸が細く開いて、中から手招きされている。内緒の話だ。

「はい、はい」

糸も声を潜めて、戸の隙間に耳を寄せた。

「おイネさん、このところ少し呆《ぼ》けてきたかもしれねえんだ」

あ、と思った。

「このところ誰のことも、まずは『銀太かい？』って呼ぶんだよ。俺や藤吉のことは背格好で見間違えるってこともあるかもしれねえ、って思っていたんだけれどな。昨日はお奈々や三太にまで『銀太かい？』なんて訊くのさ」

やはり、イネの様子は少しおかしかった。

「わかりました、ありがとうございます。もしまた気になることがありましたら、私に教えてください」

つい先ほど、住職にもこんなふうに頼もしいことを言った。

寂しさと同時に、私がしっかりしなくては、と力が湧いてくるような心持ちで部屋に戻ると、すぐに左隣の壁がどすんと鳴った。

「おイネさん、どうされましたか？」

倒れていたらたいへんだ。

慌ててイネの部屋に飛び込むと、不貞腐れた顔のイネが「ぜんぶ聞こえていたよ。年寄りの地獄耳を舐《な》めるんじゃないよ」と吐き捨てた。

膝の上の大丸も、イネにそっくりな怖い顔をしている。

「ご、ごめんなさい」

先ほどの岩助との会話をすべて聞かれてしまっていたのか。

何と取り繕っていいかわからずに、糸はぎゅっと身を縮めた。

「残念だけれどね、私がこのところ呆けちまっているのは認めるよ。毎日少しずついろんなことがわからなくなっていくのさ。そのうちあんたたちや、銀太のこともわからなくなっちまうのかと思うと寂しくてね」

イネが、しょんぼりと肩を落とした。

「おイネさん……」

糸もしんみりして、イネの背に手を当てた。

「とまあ、こんな調子のいいことを言ってやればいいのかい？」

イネがぎろりと糸を睨んだ。

「私は少しも呆けちゃいないよ！　すっかりしっかりと正気さ。年だけ喰ってまだまだ尻の青い餓鬼どもが、大人を馬鹿にするんじゃないよ！」

「まあ」

糸は目を丸くした。

「先ほどのお話は、確かに失礼でしたね。ほんとうにごめんなさい」

陰であの婆さんは呆け始めているなんて言われて、嬉しい者はいない。

「お糸が悪いわけじゃないさ。悪いのは岩助だ。男ってのは、どんなに腕が良い職人だって、ふいにあんなふうに思ったことを思ったまま口にしやがるんだ。失礼なもんさ」

イネが、ふんっと鼻息を吐いた。

「これは、私の話じゃないよ、くれぐれもそう思ってお聞き」

苦い顔で前置きをする。

「呆けるってのは、とんでもなくいいもんさ。死ぬのが少しも怖くなくなるからね。身を切られるような辛い出来事も、どうにもならない後悔も、ぜーんぶ忘れて赤ん坊に戻って、この世からおさらばできるんだからね」

イネが、大丸に手を振ってみせた。

大丸は怪訝な顔をしている。

「生きるってのはいつだって苦しいことばかりだからね。この世との縁切りのときは、呆けて何もかも忘れちまうのに限るさ。私は、この調子で、どんどんぜんぶ忘れちまいたいよ」

イネが遠くを見た。

「苦しいことばかりなんて仰らないでくださいな。幸せな出来事もたくさんありましたでしょう？」

おイネさん、私たちのことを忘れないでくださいな。

一緒に過ごした楽しい日々のことを、どんどんぜんぶ忘れてしまいたいなんて言わないでくださいな。

「幸せ……」

イネの目が泳いだ。この世とあの世を行き来する人のような、つかみどころのない光が宿る。

「銀太に会いたいね。もう一度、銀太に会いたい。会ってこの手でしっかりと抱いてやりたいさ」

イネはぼんやりした顔でそう言った。

5

「お糸ちゃん、こんばんは。素敵なお土産がありますよ。優しい優しいお糸ちゃんがにっこり笑って喜ぶような、素敵な素敵なお土産ですよ」

表が暗くなりかけた頃、とぼけた顔をした奈々がするりと部屋に入ってきた。

「お奈々、あなた……」

「おっと、お話の前に、これをお納めください。弟の三太が描いた絵です。あの子はまったく賢い子でして、おまけに絵の才まであるのです。先行きが楽しみでたまりませんねえ」

奈々が素早く紙を広げると、そこにはいかにも子供らしい手で、二人の顔が描かれている。

大きい顔がおそらく糸、小さい顔は奈々だ。

二人は笑顔で手を繋ぎ、額をこつんとくっつけている。

「まあ、良い絵ね」

思わずふっと笑った。

「でしょう。私が絵柄を細かく決めて三太に描かせ――おっと、今のは違います。これはおそらく純真な心を持つ幼い三太が、いつまでも喧嘩をしていてはいけないよ、と私たちに気付かせてくれるために描いた絵なのです」

ほんとうに可愛いことをしてくれる。

糸は目を細めて奈々を見つめた。

「それじゃあ、仲直りとしましょうか。お奈々、私に何か言うことはない？」

「おとらさんの藁人形、勝手なことをしてごめんなさい。けれど私は、お糸ちゃんによかれと思って……」

「お奈々」

糸は、言い訳はいけません、と首を横に振った。

「はい、ごめんなさい。ただただ、ごめんなさい」

奈々が殊勝な様子で頷いた。

「もう大人の話に関わってはいけませんよ。いいですね」

「はい、関わりません。もう二度と関わりません。お糸ちゃんによかれと思ってのお節介は、もうやめます」

奈々がぺこりと頭を下げた。

「そういえば、お奈々、あなたもう一つ、私に内緒でやったことがあるんじゃないかしら？」

「銀太先生、お糸ちゃんに会いにいらしてくださったんですね」

奈々が嬉しそうに目を輝かせた。

「ええ、私たちの仲直りを手伝って欲しい、なんて頼んだと聞いたわ。なんでわざわざ、銀太先生にそんなことを頼む必要があるの。銀太先生はお忙しいのよ」

「そんなのは口実に決まっていますでしょう」

　奈々が胸を張った。

「何の口実なの？」

「私は、お糸ちゃんが銀太先生に会いたいと、そして銀太先生がお糸ちゃんに会いたいと思ったのです」

　糸は息を呑んで、奈々をじっと見た。

　かつては、糸が若くして産んだ子と間違えられるようなちっぽけな娘だった奈々が、いつの間にか妹のように大人びた顔でこちらを向く。

「変なことを言わないで。どうしてそんなふうに思うの？」

「みんな気付いていますす」

　奈々が澄ました顔で言う。

「みんなって、誰？」

「おとっつぁん、藤吉さん、それにおイネ婆さまに――」

　奈々が言葉を切った。少し迷ったような顔をしてから、意を決した表情を向けて、

「きっと熊蔵さんもわかっていたはずだ、と、おとっつぁんが言っていました」

と続けた。

「そんな、まさか」

心ノ臓がどんっと鳴った。

「己の気持ちに気付いていないのは、銀太先生と、お糸ちゃんだけです。大人とは面白いものですね。人は齢《よわい》を重ねていろんなことを知るにしたがって、少しずつ己自身のことはわからなくなっていくのかもしれませんね。最近のおイネ婆さまなんて、まさにそんな調子です」

「お奈々、止めてちょうだいな。そんなこと……」

「お糸ちゃん、銀太先生のことが好きですか？」

奈々が静かに訊いた。

糸の息がぴたりと止まった。

すべてがしんと静まり返った。

ただ奈々の発する「銀太」という名だけが胸に迫る。

かつて奈々に熊蔵への想いを問われたときとは、何から何までまったく違った。

「……ええ、好きよ」

ほんとうのことを口に出したら、涙が出そうになった。

「私は銀太先生のことが好き」

「お糸ちゃん、ようやっと白状しましたね」

緊張した様子だった奈々の顔に、ゆっくりと満足げな笑みが広がる。

銀太はこの場にいない。銀太にこの気持ちが伝わったわけではない。それなのに、糸の胸はじわりと温かくなる。

私は初めて、己の気持ちを素直に認めることができたのだ。

「失礼いたします。お糸さんはこちらですか？」

そのとき、戸口の向こうで聞き覚えのある若い娘の声が響いた。

糸と奈々ははっと顔を見合わせた。

「お客さんだわ。おそらく昼間に霊山寺で会ったお清さんよ」

糸が囁くと、奈々は「では私は隣の部屋から様子を窺わせていただきます」と小声で応じた。

「はいはい、お糸の縁切り屋はこちらでございますよ！」

奈々は踊るように楽し気な足取りで土間に下りる。

糸は、あっ、と小さな声を上げた。

「お奈々、銀太先生に余計なことを言っては駄目よ。絶対に、絶対に駄目よ」

低い声で念押しをすると、奈々は「もちろんですとも。そんな無粋はいたしません」とぺろっと舌を出した。

6

「失礼いたします。ご住職から、ここを教えていただきました。真白への縁切り状を書いていただけるとのこと、ありがとうございます」

清は声を潜めて言った。

「ここまでおひとりでいらしたんですか？」

表はもう暗い。

「下男を伴って参りました。表で待たせております。お父さまは、私がひとりでふらりといなくなってしまうのを何より恐れていますから」

清が、気が重い顔をした。

「お清さんのことを、大事に気遣われていらっしゃるんですよ。お父さまの親心です」

「松屋の娘はおかしくなった、と噂になるのが嫌なだけです」

清が口をへの字に曲げた。

「そりゃ、確かに少しはそんな想いもあるかもしれませんね。人の想いというのは、たった一つの道をまっすぐ進み続けるような、簡単なものではありませんから。お父さまにも、少しは迷い惑う隙を許してあげてくださいな」

糸がくすっと笑うと、清は驚いたように目を丸くした。

「そんなことを言った人は初めてです。みんな、お父さまがどれだけ私のことを想っているか、ってそればかりなんですもの」

「私も、こんなことを人に話したのは初めてです」

「お糸さんって面白い人」

清の顔つきが和らいだ。

「ありがとうございます。それでは、真白に縁切り状を書きましょうか。猫への縁切り状……というのは、これまで一度も書いたことがないのですが」

「真白は人の言葉がわかるわ。人に宛てて書くものと同じで平気です」

「そうでしたか。真白は賢い子ですね」

にゃあにゃあ、にゃごにゃごと、猫の言葉を書かされるわけではないと知って、糸は安心した。

「どんなことを書きましょうか」

糸は筆を執った。

「もう私の前に現れないで、と書いてください」

清の冷めた声に、ぎくりとした。

心を込めた詫《わ》びの言葉や、想いの残る恋人同士のような甘い言葉を綴ることになるとばかり思っていた。

「ほんとうにそれでいいんですか？」

　糸は恐る恐る訊いた。

「ええ、真白が視えていたら、私はこのままずっとまともな娘になれないんです。お父さまを心配させ、皆に気味悪がられて生きていかなくてはいけない。そんなのはもう嫌。私は真白と縁を切って、私の前からいなくなってもらいたいんです」

　清の声に涙が混じる。痛みを堪える険しい表情だ。

　昼に霊山寺の境内で、幼子のような笑顔で真白の幻を追っていた清の姿を思い出す。

「まとも、とは何でしょうね」

　糸が訊くと、清は不思議そうな顔をした。

「いやだ、ごめんなさい。私、そんなつもりじゃないんです……」

　清が、はっと気付いて両手で顔を覆う。

　縁切りの相手の心に残った生霊が視えてしまう、糸に失礼な言葉だと思ったのだろう。

「お清さんがそんな意地悪を言うような方ではないとわかっていますよ。他の人に視えないものが視えるというのは、厄介なことです」

　糸は優しく頷いた。

「ですが、命というのは驚くほど短いものです。他人の目に振り回されていては、それだけで終わってしまいます。お清さんのいちばん大事なことが〝まともになること〟になってはもったいないと思います」

姉のように穏やかに説くと、清はこくりと頷いた。

「お清さんは、ほんとうに真白と縁切りをされたいんですか？」

「いいえ。真白に会えなくなるなんて、真白の姿が視えなくなってしまうなんて、辛くてたまりません。でもそうするしかないと思ったんです。そうしなくちゃいけないって……」

清が大きく首を横に振った。

涙がぽたぽたと畳に落ちる。

「お清さん、もしよろしければ一緒に試してみましょうか」

糸は素早く筆を走らせると、行燈の灯をふっと吹き消した。

部屋は闇に包まれた。

「もしかしてここに生霊が出るんですか？」

清が震える声で訊いた。

「生霊ではありません。私の母です」

「お母さま……？」

「ええ。母はあの世におります。母に頼めば、きっとほんとうの真白に会わせてくれるはずです」

清の肩を抱いて糸が言い切ると、部屋の隅が月夜の雲のようにぼんやりと光った。

「お清さんには、あの光が視えますか？」

糸が訊くと、清が「み、視えます」と蚊が鳴くような声で応えた。

「おっかさん、お願いします。私たちに、真白の心に残ったものを教えてください」

「え？」

清が糸を見上げた。

「それがお清さんのほんとうの望みでしょう？」

清の啜り泣きの声が響いた。

「ええ、そのとおりです。私は亡くなった真白の、この世への心残りを知りたいんです。それを叶えてあげることで、ほんとうのお別れをしたいんです」

「あっ」

急に部屋の隅の光が大きく広がった。

糸と清は眩《まぶ》しさを堪えて目を凝らす。

光には熱がある。まるで炎のように熱い。

いつしか光は弾けるように大きく広がったかと思うと、急に元の暗闇に戻った。

後には温もりだけが残った。

「お糸さん、光の中に何か視えましたか？」

「いいえ、何も視えませんでした。ただ眩《まばゆ》い光が広がって、そして消えてしまいました」

「……私もです。何も視えませんでした」

清がぽつんと呟いた。

しばらく二人で黙り込んだ。

「お嬢さま、お嬢さま、平気ですかい？　部屋の中が真っ暗になっちまってねえですかい？」

戸を叩く音に、はっと我に返る。

「ええ、平気よ。ちょうど行燈の灯が切れてしまったようなの。そろそろお暇しようと思っていたところよ」

清が慌てて涙を拭いた。

「お糸さん、私たち、ほんとうに何も視えませんでしたよね？」

縋るような目で糸に問いかける。

「ええ、真白の胸の内には何もありませんでした。ただ眩い光が広がって、そして暗闇に戻っただけです」

亡くなった者の胸の内に残るものは何もない。

命の光の温もりが残る、静かで穏やかな暗闇があるだけだ。

「わかりました。ありがとうございます」

礼を言う清の声は、ここを訪れたときとは別人のように大人びていた。

7

数日の後、糸が霊山寺を訪れると、ちょうど子供たちの一団が集まって駆け回っているところに出くわした。

「わあ、お糸さん！　遊んでよう！　遊んでよう！」

甲高い声で騒ぎ立てる子供たちに囲まれて、糸は苦笑いだ。

「ええ、もちろん遊びましょう。けれど先にご住職にお会いする用があるから、それが終わったらね」

「えー。今すぐがいいよお」

「おい、遊んでくれるって言ってるぞ。我儘言うな」

「そうだよ。機嫌を損ねたら、もう遊んでくれないかもしれないぞ」

「お糸さんは、ちゃんと約束を守ってくれるさ。お前のおっかさんとは違うんだ」

「何だって？　お前、もう一度……」

急に子供たち同士の小競り合いが始まった。

「こらっ！　喧嘩をしてはいけません！」

慌てて割って入る。

「意地悪を言っては駄目よ。みんなに優しくしてあげれば、みんなも優しくしてくれるわ」

ひと際刺々《とげとげ》しい雰囲気を持った、十くらいの少年に声を掛けた。

顔を見たことはあったが、ゆっくりお喋りをしたことはない。

いつも、己の中で渦巻く力を持て余すように棒切れを振り回したり叫び声を上げたりと乱暴な遊びに興じている少年だ。

「意地悪なんて言ってねえよ」

少年の顔を正面から見て、はっとした。

頬の左側だけに、ぶたれたような大きな痣《あざ》がいくつも残っていた。

それに気付いたが、勝手な想像はいけないと、慌てて打ち消した。

「お糸、よく来たね」

住職がお堂の前からこちらに声を掛けた。

少年は、ぱっと逃げ出す。

「待っていてね。後で遊んであげるから」

糸は慌ててその背に声を掛けたが、振り返りもしない。

「ご住職、お文をありがとうございます」

糸は住職のほうへ歩み寄った。

「まずは、お清のことについて礼を言いたくてね」

まずは。

糸は〝礼〟という言葉にほっと胸を撫で下ろした。

「お清さん、健やかに過ごされているんですね」

「ああ、そのとおりだ。とはいっても、まだ今のところは寝たり起きたりの暮らしが続いておる。だが急に表に飛び出して遊び回りでもしたら、そちらのほうがもっと心配だ」

「それじゃあ……」

「お清はまるで人が変わったように、きちんとものを喰うようになったそうだ。それが何よりも嬉しいと、松屋様は大喜びだ」

ものを喰うとは生きる力を得ることだ。

しっかり喰うという一歩が踏み出せたならば、きっと清は少しずつ良いほうに向かうに違いない。

「よかった。とても嬉しいお話です」

「お糸のおかげだよ。あの娘の強張った心を解《ほぐ》してくれて、皆が感謝しているよ」

「お役に立てたなら何よりです」

糸は住職と顔を見合わせて微笑んだ。

「そしてもう一つ、お糸に用があった。大事な話だ」

住職の言葉に糸は、「母のことですね」と静かに応じた。

「ああ、お糸のおっかさんについて、小鳥が好きな人だったと言っていたね。実はそれを聞いたときから、心当たりがあったんだ」

「母は小鳥売りだったのでしょうか」

小鳥を振り売りする、小鳥売り。

私の母が、そんな健やかで楽し気な仕事に励む人だったら、どれほど良いだろう。

「いいや、お糸、お前の母は河原で暮らしていた」

住職が静かに言った。

「続けてください。母のすべてを知りたいんです」

糸は掠《かす》れた声で言った。

「心気を病んで、襤褸《ぼろ》を纏《まと》って壊れた人形を抱いて河原を歩いていたそうだ。人と関わることはなかったが、彼女の周囲には小鳥がいつもいた」

糸の胸に、灰色の靄《もや》を帯びたようなおどろおどろしい人の姿が浮かぶ。

町でそんな者に出くわすと、恐ろしくて身が細るような気がしたものだ。

「その人は、大火で亡くなったんですね」

「ああ、そうだ。大火の後、大川で幾人ものご遺体が見つかった。きっとその中の一人いなかっただろう。きっと苦しく痛ましい最期だったに違いない。しかし母の死を心から悼んだ人は誰もいなかっただろう。

亡くなって幾日も経《た》ってから、どうやらここにいた者たちはみんな死んだようだ、と片づけられる程度の命。それが私の母だった。

「母は、いったいどうしてそんな暮らしを……」

「河原で、長年施しを行っていた、心泉《しんせん》という名の和尚がいる。その心泉が、そこで亡くなった者たちの弔いをしたそうだ。会って話を聞いてみるかい？」

住職が尋ねた。

糸は住職をまっすぐに見た。

悲しい事実を知ることになるのかもしれない。知りたくなかった、知らないままにしたほうが幸せだったと感じることもあるのかもしれない。けれど――。

「ええ、どうぞよろしくお願いいたします」

糸は力強い声で言い切った。

「……わかった。話を通しておこう」

住職が頷いたその時。

「お糸さん、用事は終わったかい？」

先ほどの少年が、いかにも決まり悪そうに松の木の後ろからひょこりと顔を覗かせた。

「ええ、終わったわ。約束どおり、これからみんなと遊んであげましょうね」

糸が頷くと、少年の顔にぱっと笑みが浮かんだ。

「おうい、お糸さんが遊んでくれるってさ！」

少年が背後に声を掛けると、子供たちが「やった！」と叫んで一斉に木陰から顔を出した。

「けれど、あなたも約束してちょうだいね。仲間を傷つけるような意地悪は、もう言っちゃ駄目よ」

糸は少年に耳打ちした。

「あいつのおっかさんが嘘つきだ、って話かい？」

「こらっ！　いけません！　そんなことを言われたらみんな悲しいでしょう？」

糸は首を横に振った。

「おっかさんがいるだけいいさ。おいらのおっかさんは、死んじまったからな。おとっつぁんに捨てられてから心気を病んで、おいらのことも、己のことも傷つけて、最期はもうめちゃくちゃさ」

少年が己の痣だらけの頬をぴしゃりと叩いて、寂し気な笑みを浮かべた。

第五章　忘れな草

1

いつの間にかすっかり秋が深まった。抜けるような青空に、色づき始めた紅葉。夏の暑さが終わり、どこまでも歩いて行けそうな清々《すがすが》しく心地好い風が吹く。

朝の光の中、糸が水桶を手に路地に出ると、右隣の部屋の戸が開け放たれていた。

「わあ、お糸ちゃん！　さあ、三太、今ですよ。朝、ご近所さんと顔を合わせたら、まずは何と言うのですか？」

「おはようございますっ！」

「よろしい。三太は挨拶が上手くなりましたね。お糸ちゃん、改めておはようございます」

奈々と三太がそっくりな顔で笑った。

「二人ともおはよう。朝早くから何をしているの？」

子供たちは、己の身体よりも大きな行李を運んでいる最中だ。

「お部屋の片づけです。毎日ちゃんとお掃除をしていたつもりでしたが、改めての片づけとなるとどこもかしこも埃だらけで、くしゃみが止まりません。この行李の中は、古道具屋に持って行く分です」

奈々の代わりに三太が、くしょん、くしょんとくしゃみをする。

「そう、いよいよお引っ越しね」

奈々の目にちらりと寂し気なものが過ったので、糸は慌てて、

「新しいおうち、ほんとうに楽しみね。たくさん青物を作って届けに来てくれるのが、今から待ち遠しいわ」

と続けた。

「もちろんですとも。楽しみにお待ちください。私たち一家とお糸ちゃんとのご縁は、これから先も一生続きます」

「私ももちろんそのつもりよ。お奈々の嫁入り支度は、私に任せてちょうだいね」

「残念ながら私は生涯、嫁入りをしない場合もあります。そのときは、おとっつぁんの還暦のお祝いをお願いします」

「まあ、そのときは、きっととんでもなく豪華なお祝いになるわね」

二人で顔を見合わせてぷっと笑った。

「お奈々、三太、用意はいい？」

声のしたほうに目を向けると、豆餅を足元に従えた志津がよそ行きの支度で立ってい

た。

あれからずっと、志津は藤吉の部屋で暮らしている。豆餅が懐いている様子からすると、二人は上手く行っているようだ。

「お志津さん、今日は、何卒《なにとぞ》よろしくお願いいたします」

奈々が深々と頭を下げる。

「お志津さんと子供たちが、一緒にお出かけですか？」

不思議に思って糸が訊くと、志津がにやりと笑った。

「子供だけで古道具屋になんて行ったら、足元を見られますでしょう？　岩助さんに頼まれて、私が一緒に行くことになったんですよ。ああいう商売ってのは、人を見ますからね」

志津はわざと眉をきりりと尖らせてみせた。

本人は冗談のつもりだろうが、さすがの迫力だ。

「よかったわ。お志津さんに一緒に行っていただければ安心ね」

いってらっしゃい、と子供たちを見送りながら、胸がぽかぽかと温かくなるのを感じる。

奈々、岩助、藤吉。長屋の皆の人生に新しい局面が訪れていた。

寂しさを感じながらも、なんて嬉しいことだろうとしみじみと思える。

——次は私の番だわ。

糸はゆっくり息を吸って、吐いた。

一度、二度、三度。

「お糸、お糸、聞こえるかい？　来ておくれよ」

イネの声だ。か弱い響きに、はっと身が強張った。

「どうされましたか？」

イネの部屋に飛び込むと、土間のところでイネが尻餅を搗《つ》いていた。

「おイネさん！」

イネの周囲を、大丸をはじめとする猫たちが心配そうにうろうろと歩き回っている。

「お怪我はないですか？」

糸は慌てて抱き起こした。

「そんな大ごとじゃないよ。ちょいと腰を抜かしちまっただけさ」

草履の片方が遠くに落ちていた。よほど勢いよく転んでしまったに違いない。

力が入らないせいでずんと重く感じるイネの身体をしっかり支えて、どうにか框《かまち》に座らせた。

「ああ、情けないねえ」

イネが忌々しそうに言った。

「そんなことを仰らないでくださいな。私はおイネさんのことを、少しもそんなふうには思いません」

大事なことだ。きっぱり言い切る。

「いや、老いぼれちまうのはみっともないもんさ」

己の力で立ち上がれなかったことが、よほど応えたようだ。

今日のイネはずいぶんと気落ちしている様子だ。

身体が痛むのだろう。腰のあたりの埃を叩きながらうっと顔を顰める。

「筋を傷めてしまったかもしれませんね。お医者さんを呼びましょうか」

「いらない、いらないよ。医者なんて糞《くそ》喰らえさ」

イネが面倒くさそうに手で払う。

困ったな、どうやって説得しよう、と思いかけたところで、糸は、あ、と胸の中で呟いた。

いつの間にかイネのことを、幼子のように扱ってしまっている己に気付く。

できたはずのことができなくなって気落ちしているときに、急に子供のように扱われたら、イネでなくとも腹が立つだろう。

イネが落ち着いたのを見てから、改めて声を掛けた。

「おイネさん、もしよろしければ相談に乗っていただけますか。私の母のことなんです」

「えっ？　あんたのおっかさんだって？」

イネの目が輝く。興味が湧いたようだ。

すぐにいつもの意地悪婆さんそのものといった、生き生きした顔つきが戻ってくる。

「いいよ。いくらでも話してごらんよ。こっちは、暇はいくらでもあるのさ」

「ご住職から、私の母がどんな暮らしをしていた人なのかを聞きました」

糸は、心気を病んで河原で暮らしたみすぼらしい母の姿を語った。

「いいね。ああいう人たちは、仏さまが遣わした子だ」

イネが何でもなさそうに言った。

「おイネさん……」

糸は思わず嗚咽《おえつ》を堪えて、手で口を覆った。涙が後から後から流れ出す。

「そんなふうに言っていただけるなんて、思ってもいませんでした」

糸が肩を震わせると、イネが皺だらけの大きな掌で糸の肩を抱いた。

「思ったことを言っただけさ。それじゃあお糸は、私があんたのことを乞食《こじき》の子なんて気味が悪い、なんて言うとでも思ったのかい？」

「いいえ、そんなことは少しも思っていませんでした。でも……」

「あんた自身は、そう思っちまっていたってことだね」

糸はうっと黙った。

「無理もないさ。驚いただけだよ。それがあんたの本心じゃない。おっかさんだって、わかってくれているさ」

「お、おイネさん、私、私……」

糸は、ひしとイネに抱き着いてむせび泣いた。

「母のことを弔いたいと思っています。けれど、怖いんです」

「何が怖いんだい？　あんたがおっかさんに恨まれる筋合いはないだろう？　恨みたいのはあんたのほうだろうに」

イネが糸の頭を幼子のように撫でた。

「私は……、母が幼い私を捨てたときの気持ちに向き合うことが、怖いのだと思います」

糸は意を決して言った。

この子はいらない。この世で二度と会えなくて構わない。

そう心に決めたときの、産みの母の胸の内を知ることになってしまったら、私はそれを受け入れることができるのだろうか。

想像するだけで恐ろしかった。

「なんだ、そんなことかい」

イネが苦笑いを浮かべた。

「おっかさんは、あんたのことを捨てたいなんて思っていなかったさ。捨てるしかなかったんだ」

「そんなの、綺麗ごとです」

糸は首を横に振った。

腐るほどの金があれば、心に余裕があれば、助けてくれる人がいれば、私はこの子を捨てなかった。でも私にはそれがなかったから……。

捨てられた子のほうからすれば、そんな言い訳は到底受け入れられない。

「お糸、よくお聞き。幼子と母親ってのは、傍から見ればのんびり幸せに暮らしているように見えるかもしれない。けどその実は、捨てなければ死んでいた。捨てなければ殺していた。ひょんなきっかけで、そんな地獄にいつ変わるともわからない、危なっかしいところを渡っているもんなんだよ」

イネが銀太を〝捨てた〟その日の話が、糸の胸に蘇った。

度を越えた折檻《せっかん》をされ続け、亭主から逃げ出そうとしたイネは、まだ赤ん坊だった銀太を〝捨てて〟家を出た。

銀太は、いつも傷だらけで痩せ細っていたイネを、どうにかして助け出そうとしてくれた男との間にできた子だった。

しかしイネは銀太の命を守るために、銀太は紛れもなく亭主の子だと言い張って、亭主と姑《しゅうとめ》の家に置いて出たのだ。

イネが家を出ようとしたところを見つけた亭主は、その腕から赤ん坊の銀太を奪い取って、菜切包丁を突きつけたという。

身が凍るような恐ろしい光景だ。

「命を育てるってのは、並大抵のことじゃない。懸命に励めばきっと何とかなる、なんて、そっちのほうが綺麗ごとさ」

イネは肩を回して、いてて、と呟いた。

2

小石川に向かう道すがら、糸は火事の後にできた真新しく華やいだ街並みに目を細めた。

約束の茶屋に向かうと、既に銀太が縁台に腰かけて看板猫の白黒猫の背を撫でていた。

「お糸さん、こちらです」

糸を見つけると、眩しそうな笑みを浮かべて手を上げる。

「銀太先生、今日はありがとうございます」

銀太とは、昼より前の清々しく明るい光の中で会うに限る。黄昏時《たそがれどき》や暗がりでは、己の心の乱れが見透かされてしまう気がするから。

「こんな騒々しいところでよかったでしょうか。お糸さんからのお文ということで、おそらく大事な用事があるのだと思いましたが」

「大事なお話だからこそ、賑やかなところのほうがよろしいかと思いました」

糸は、客と気さくにお喋りをしながら茶を運ぶ、華やかな茶屋の娘に目を向けた。

銀太との間にじゅうぶん間を開けて、縁台に腰かけた。

「それもそうですね。おそらく母のことでしょう」

銀太が少し困った顔で言った。

「おイネさん、先日、土間で転んでしまったところがまだ痛むようなんです。それと、このところずいぶんと弱っていらっしゃいます」

糸から最近のイネの様子を聞いた銀太は、どこか苦し気に、しかし冷静な様子で頷いた。

「打ち身が酷いようなら、添え木を当てたほうがいいかもしれません。できる限り早くに行ってみましょう」

「銀太先生、それじゃあ……」

「私は医者です。怪我をした者がいると聞けば、放っておくわけにはいきません。それだけのことです」

銀太が冷めた声で遮った。

「おイネさんは、このところ、銀太先生のことを想うことが多いようです」

「母とはもう縁を切りました」

銀太がぷいと顔を背けた。

ふいに、〝母〟という銀太の口調に驚くほど子供らしいものが混じっていると気付く。

〝母〟と口に出すとき、男とはこんなふうに拗《す》ねた顔をするのか。

帷子町へ旅に出る前の糸は、少しも気付かなかったことだった。

「銀太先生が決められたことは、重んじています。銀太先生は間違ったことをしているなんて言うつもりは、毛頭ありません」

糸は銀太をまっすぐに見た。

「けれど、銀太先生はこのままで後悔されませんか?」

銀太がうっと呻いた。

「正直に言いますと、それを訊かれるのがとても苦しいです」

「幾度でも訊かせていただきます」

「えっ?」

銀太が目を丸くした。

「私は、おイネさんのこと、銀太先生のこと、どちらも大好きです」

糸の頬がかっと熱くなった。だが、今はそれを気にしている場合ではない。

きっぱりと縁切りを決める姿は凜として美しい。悪縁を断ち切って前を向いて進む姿は格好良い。

しかしこの世には、決して切れない縁があっても構わない。

しばしの別れの間にお互いの胸の内が変わり、人となりが変わって、再び縁を結ぶことができる日が来るかもしれない。

それを心の支えに生きることは、決して間違ってはいない。

「私は、お二人に再び縁を結んで欲しいと、心から思います。ですから、これから幾度でもお節介を焼かせていただきます。銀太先生にとって耳の痛い言葉を、幾度も言います。それで銀太先生が私のことを嫌いになっても、それならそれで構いません」

一気に言い切った。

呆気に取られた顔をした銀太は、しばらく黙ってから、静かに笑った。

「お糸さん、あなたは変わりましたね。出会った頃のあなたとはまるで別人のようです」

「ずうずうしくなりました。それにお節介焼きになりました」

糸は急に照れくさくなり、銀太から目を逸らした。

「お糸さんの芯《しん》の部分は、少しも変わっていません。より眩しく、美しく、強くなられました」

頬が熱い。胸が熱い。身体中が熱い。

銀太の言葉が、熱を持って広がり涙が零《こぼ》れそうだ。

茶屋の喧騒が急に遠くに感じられた。

今、糸が銀太に手を差し伸べたなら、きっと銀太はその手を取ってくれる。

糸の指先が細かく震えた。

「銀太先生、私は明日、己を捨てた母に会いに行って参ります。幼い私を暗闇で見つめて怯えさせ、縁切りの相手の生霊を見せるほどの深く強い想いを抱えた、母の魂を弔って参ります」

糸は大きく息を吸った。

「恐ろしくてたまりません。足が竦む想いです。けれど行って参ります。この世に生を授けてくれた母に、会いたいんです。会わなくてはいけないんです」

私はこの世でたくさんの人と出会い、別れ、かけがえのない時を過ごした。

どれも幸せなだけの思い出ではないはずなのに、振り返ってみればただ嬉しく、有難く、雨上がりの木々のようにきらきらと輝く。

すべては私を産んでくれた母のおかげだ。

「心安らかになることができるのかはわかりません。ひょっとすると立ち直れないほど打ちのめされてくるかもしれません。けれど母と向き合う私の姿を、どうぞ見守ってください」

糸は奥歯を嚙み締めた。

「……わかりました。お糸さんの覚悟を見守らせていただきます」

銀太がゆっくりと頷いた。

「もしよろしければ、あなたのお母さまのところへ私も一緒に行かせてください」

3

早朝の空は晴れ渡り、大川の流れがきらきらと輝いていた。

河原で暮らす家のない人々も、この暖かい日差しと澄んだ風の中ではどこか心地好さそうだ。

垢塗《あかまみ》れの大きな身体の男が、まるで猫のように草の中で身体を丸めて、うつらうつらしていた。

「お糸さん、私の近くにいてくださいね」

銀太が辺りを見回しながら慎重に囁く。

暗くなってしまったら、決して近づくことができなそうな場所だ。

「ありがとうございます」

糸はこくんと頷いてから、銀太の身体に隠れるようにして少し後を歩いていた己に気付く。

――銀太先生に頼っては駄目。これは私のことなんだから。

背筋を伸ばし前を向き、少し歩を早めた。

銀太はほんの刹那、驚いたように糸を見たが、すぐに糸の胸の内を察してくれたようだ。糸の半歩後ろを歩き出す。

「まあ、銀太先生、いったいどうしてこんなところに？」

女の声に振り返ると、年の頃三十ほどの女が目を丸くしていた。

「ああ、お澄さんですね。できものは良くなりましたか？」

銀太が医者の顔で応じた。

「ええ、銀太先生にいただいたお薬がよく効きましたよ。今ではすっかり何でもありません」

澄と呼ばれた女が、できものの跡が点々と残った首筋を見せつけた。

「それはよかった。お澄さんには、私の弟分が開いた養生所の手伝いを務めていただけて、とても有難く思っていますよ」

「ここでの暮らしから抜け出すことができたのは、銀太先生のお陰です」

澄が涙ぐんだ。

おそらく河原での暮らしを見かねて、銀太が仕事の口利きをしてやったのだろう。

「お奈々のお陰、と言ってやってください。あの子はきっと大喜びします」

銀太と澄は顔を見合わせて笑った。

糸は、奈々の名が出てきて驚いた。あの子がこんな物騒なところを歩いていたなんて。

「ここには親のない子、それに身寄りのない人がたくさん暮らしていますからね。今でも親のない子たちのことが気になっちまって、暇ができるたびに食べ物や着物を持っていってやるんです」

澄は人の好さそうな顔で言った。

「もしかして、ここで亡くなった人を弔う、心泉さんというお方をご存じですか？」

糸が問いかけると、澄は目を丸くした。

「もちろんですとも。ここいらで心泉和尚を知らない人はいませんよ」

「どちらにいらっしゃるのでしょうか？」

「この川岸を上流に向かって歩くと、お地蔵さまがあります。心泉和尚はだいたいいつもそこにいて、ここいらの人に食べ物を配ったり、暮らしの相談に乗ったりしていますよ」

「ありがとうございます。すぐに行ってみます」

澄が不思議そうな顔をした。

「お嬢さんは、銀太先生の……」

糸と銀太を交互に見る。

「大事な友人です」

銀太が応えた。

「へえ、そりゃいい」

澄がにやりと笑う。

「その大事なお友達が心泉和尚にお会いしたいなんて、妙な話ですね。心泉和尚は寺も持たず、己の財は何一つ持たない乞食坊主ですよ。あなたみたいなまともなお嬢さんが、あのお方にいったい何の用があるんです？」

「心泉和尚さまは、私の母を弔ってくださったと聞きました」

「母、だって？」

澄が素っ頓狂な声を上げた。

糸のことを頭の先から足の先までまじまじと眺める。

「私の母は、ここで暮らしていたそうです。襤褸を身に纏い壊れた人形を抱いて、この川辺で暮らしていたそうです」

糸は静かに言った。

ゆっくりと周囲を見回す。眩しい光の中を、涼しい風が吹き抜けた。

「壊れた人形を抱いていたって女なら、見覚えがあるよ。もしかしてその人、小鳥を肩に乗っけちゃいなかったかい？　黒い頭に灰色の羽、橙色の胸の迷い鳥さ」

「まあ、母のことをご存じでしたか！」

　糸は勢いよく身を乗り出した。

「知っていることを教えてください。どんな小さなことでもいいんです」

「わかった、わかった、ちょっとお待ちよ」

　澄が糸の勢いに驚いたように、苦笑した。

「ええっと、小鳥に好かれる人でね。餌をばら撒《ま》いているわけでもないのに、朝になると決まってあの人の周りに小鳥たちがたくさん集まるのさ。朝っぱらからちゅんちゅんうるさくて寝られやしないなんて言って、男連中はあの人の近くで暮らすのはこりごりだって話していたもんさ」

　澄が昔を思い出すような顔をして笑った。

「朝になると、小鳥たちが集まってくれていたんですね。教えてくださってありがとうございます。嬉しいです」

　澄の顔つきからは、長閑で心休まる光景が想像できた。

　私の母はほんとうに生きて、暮らしていた。

　その事実の欠片《かけら》を知ることができるだけで、己の命が輝くような気がした。

「あんた、今の話を聞いて、ほんとうに嬉しいのかい？」

澄がきょとんとした顔をした。

「ええ、もちろんです」

今ははっきりそう答えることができた。

ここへ来るまでは、母を受け入れることができるのだろうかと案じていた。

しかしすみの口から母のことを聞かされて、どんな姿でもただそこにいたというだけで嬉しかった。

早く母の待つ場所へ行ってあげたいと心から思った。

「銀太先生、いい娘を見つけたね」

澄がわざとらしく銀太に耳打ちして、どんっと肩をぶつけた。

4

澄が言ったとおり古びたお地蔵さまがあった。

そのすぐ横で、お地蔵さまのように静かな笑みを湛《たた》えた初老の男が座り込んでうとうとと居眠りをしていた。

近くで見ると、貧しいが僧とわかる袈裟《けさ》を掛けた装いだ。

「おはようございます。お休みのところすみません」

糸が声を掛けると、男は鼠《ねずみ》のように小さな目をぱちんと開けた。

「おっといけない。あんまり気持ちの良いお天気だったものでな」

目を擦りながら、糸を、銀太を不思議そうに見る。

「心泉和尚さまですか？」

「ああ、そうだよ。何か困りごとかね？」

名を呼ばれた心泉は、大きく頷いて身を正した。

真っ黒に日焼けして痩せた顔、目には何とも頼もし気な光が宿っている。

「霊山寺のご住職から、心泉和尚さまのことを伺いました。心泉和尚さまでしたら、大火で亡くなった私の母のことをご存じかもしれないと」

心泉が霊山寺の名を聞いて、ああ、と頷いた。

「母上の名はわかるかい？」

心泉が静かに訊いた。

「いいえ、わかりません。この河原で暮らしていたこと、小鳥に好かれる人だったということしかわからないんです」

「心当たりはある。だが、ほんとうにその人があなたの母上かどうかは私にはわからない」

心泉が川の流れに目を向けた。

「もしかして、あなたの名はお糸というのかい？」

糸は奥歯を嚙み締めた。

「……ええ。そうです。私の名は糸です。どうしてご存じなのでしょうか」

「あの人がいつも抱いていた人形の名さ」

心泉は立ち上がった。

「おいで、こっちだ」

心泉は、少し高台に上がった。

「大火で亡くなった人たちは、皆、ここに一緒に弔われている」

心泉が己の背丈ほどの若木の根元を指さした。

陽当たりが良く、川の流れの煌《きら》めきがよく見える。涼しい清らかな風の抜ける場所だった。

若木に止まっていた小鳥が二羽、ちゅん、ちゅんと鳴き合って飛び立っていった。

――おっかさん。ここにいたんですね。

糸は胸の内で呟いた。微かに花の匂いのする風が吹く。

――素敵なところ。心地好いところですね。

自ずと手を合わせていた。

目を閉じて拝もうとしかけてから、ふと気付く。

「心泉和尚さま。和尚さまは私の母と話をすることができたのでしょうか」

晩年の母は、心気を病んで、誰とも話すことができずに生きていたのだとばかり思っていた。

「ごくたまに、心を開いてくれたこともあった」

心泉が頷く。その口元が一文字に結ばれていると気付いた。

「母の人生を、ご存じなんですね？」

「すべてを知っているわけではない」

「けれど、母がどうして私を……捨てたのか。和尚さまはそれをご存じなのでしょう？どうか教えてください」

糸は身を乗り出した。

どんなに辛い事実でも構わない。ただ母の人生が知りたかった。

己が産んだ子である糸と、縁を切った理由。縁を切ると決めた胸の内を知ることさえできれば、母を赦《ゆる》すことができると思った。

「とても重い話になる。聞いても後悔しないかね？」

心泉が、糸ではなく銀太に心配そうな目を向けた。

「和尚さま。どうぞすべてをお話しください。お糸さんならば平気です。お糸さんは強い人です。どんなに悲しい事実を知っても、それを胸に秘めて、まっすぐ前を向いて生きることのできる人です」

糸は驚いて銀太を見た。

銀太がしっかりと頷く。

糸の胸に温かいものが広がった。

心泉は目を白黒させている。

私がお糸さんを支えます。心泉は銀太がそんなふうに言うかと思ったに違いない。

けれど銀太の言葉こそが、糸が欲しかったものだった。銀太が糸は強いと信じてくれていることが、糸に大きな力を与えてくれた。

「……ならば良いだろう」

心泉が口元を微かに緩めた。

「あんたの母上は、我が子を殺そうとしたんだ」

糸の母は喰うにも困るような、ひどく貧しい家に生まれた。

幼い頃から己の胸の内を人に伝えることが苦手な、内気な子だったという。

口減らしのために女郎として売られた母は、若くして客の子を身籠った。

腹に子がいると気付いた母は、ただおろおろと困り果てるだけだったという。

誰にも助けを求めることができず、日々大きくなっていく己の腹に怯え、ひとり、誰にも知られずに赤ん坊を産み落とした。

「私の父は……」

思わず言いかけて、糸は口を噤んだ。

父と呼べる人のいない寂しさが、胸を冷たく通り抜ける。

熊蔵と熊助の顔が浮かび、ああ、これでよかったんだ、と心の中で頷いた。

「けれど生まれた赤ん坊は、可愛くてたまらなかったそうだ。己の手でこの子を育て上げてみせると胸に誓ったそうだ」

母はそれから河原で暮らしながら夜鷹《よたか》として身を売り、どうにか赤ん坊を二つになるまで育てた。

しかし過酷な暮らしのせいで、母は少しずつ心気を病んでいく。

次第に病は重くなった。夜になると、暗闇から化け物が襲い掛かる。皆が己を笑い、石を投げるという。

耳元で、「この子を殺せ」という声が常に聞こえるようになった。

「ある日、母上は病にとり憑かれて我が子の首を絞めた。正気を取り戻してぐったりした我が子に気付いたときに、どうか己の命と引き換えにこの子を生き返らせてくれと、天に向かって泣きながら願った」

「その子が私なんですね」

糸は己の胸に掌を当てた。

「ああ、そうだ。仏さまが母上の望みを叶えたのさ」

あり得ないはずの幸運が起きて息を吹き返した糸を、母は手放すと決めた。「この子の名はお糸」と着物に書きつけて。親との縁が切れても、必ず誰かと良い縁を結んでくれると信じて。

「……思い出しました」

糸は呻いた。

暗がりの中から、糸のことをじっと見つめる目。それは母の目だ。

山道の石の上。

——お糸、ここに座っておいで。

優しく言われて、栗の実を渡された。

——嫌よ。おっかさん、一緒にいて。

必死で首を振る糸の頭を、窘めるようにそっと撫でた温かい手。

「母は、物陰から私のことをずっと見ていたんです」

野犬に襲われることがないように。悪い男に見つからないように。

暗がりの中から燃えるような光を放つ二つの目が、じっと糸のことを見つめていた。

「おっかさんは、私が養い親に拾われるまで、ずっとあそこで私のことを守ってくれていたんです」

糸はわっと泣き崩れた。

両手を合わせ、目を閉じる。

「おっかさん、おっかさん……」

もっと長い時を、一緒に楽しく過ごしたかった。親孝行だってしたかった。

この世で縁を繋ぎ続けることができなかったことが残念でならない。

「ありがとう」

けれど母が、私のことを深く想ってくれていたことは変わらない。

悩み苦しみながら断腸の想いで、私と縁を切ったのだ。

「お糸さん……」

銀太が糸の背をそっと撫でた。

糸は銀太の腕の中に勢いよく身を埋めた。

人の温もりと、煎じた薬の匂いが微かに漂う。

大きく息を吸うと、今までに感じたことのないような安心で胸が満たされた。

――一度、二度、三度。

ゆっくり呼吸をする。そのたびに涙が溢れた。

5

糸と銀太は二人並んで、河原を歩く。

「銀太先生、今日はありがとうございます。一緒に母のために祈ってくださって、とても嬉しく思いました」

糸はわずかに目を背けて、礼を言った。

あれからずっと頬が熱い。

銀太の顔をまっすぐに見ることができなかった。

「お糸さんのお母さんにご挨拶をするのは、当たり前のことです。また、幾度でも一緒に参りましょう」

「幾度でも、ですか？」

思わず目を見開いた。

「お糸さんが、先日私に言ったことの真似をしました。お糸さんは、私にとって耳の痛い言葉を幾度でも言ってくださるんでしたよね？」

銀太が含み笑いを浮かべた。

「え？　ええ、そうです。私はずっとそのつもりです。でも、銀太先生は……」

糸は胸を張ってみせながらも、首を傾げた。

「幾度でもお伝えしたいと思っています。お糸さんをこの世に産んでくれてありがとうございますと」

糸は息を呑んだ。

目に涙が浮かびそうになる。

「……銀太先生に、そんなふうに、言っていただけるのは、とても、嬉しいです」

どうにか途切れ途切れに言葉を繋いだ。

「これから、母のところに参ります」

銀太が背筋を伸ばし、糸をまっすぐに見た。

「おイネさんのところに、ですか？」

糸は信じられない想いで訊き返した。

「そんなに驚くことですか？　私は医者です。患者を見捨てるわけにはいきませんと言ったはずですが」

「ええ、それはもちろん覚えています。でも……」

銀太の力強い口調からは、彼が何かを決心したことが伝わってきた。

「お糸さん、私はもう一度だけ母と向き合います。今度はあなたが私と母のことを見守っていてください」

「ええ、もちろんです」

糸は両手を握り締めて頷いた。

イネと銀太が再び縁を結ぶことができたなら。

私の大好きな人たちが、皆揃って心に一点の曇りもなく笑い合うことができたなら。

どれほど嬉しいことだろう。

大丸を抱いたイネの顔が胸に浮かぶ。

奈々、岩助、藤吉、そして三太、志津の顔。

「そして私が昔を乗り越えることができたら」

銀太が言葉を切った。

「お糸さん、私はあなたと共に生きたい。どうか私と夫婦《めおと》になってください」

銀太が糸に手を差し伸べた。

6

「銀太かい？」

戸をそっと開けると、間髪を容《い》れずにイネの掠れた声がした。

ぐっすり眠っていたのだろう。力がなく、どこか夢の中を漂うような声色だ。

「はい、そうです。銀太です」

銀太が強張った声で言った。

「ああ？　何だって？　藤吉かい？　それとも岩助か？　大人をからかうんじゃないよ！」

イネの口調に力が戻ってきた。

障子を締め切った薄暗がりの中で、イネが忌々しそうに身体を起こした。

そのままイネの動きが止まる。

「身体の具合はいかがですか」

銀太が静かに声を掛けた。

「……へえ、あんたが医者を呼ぶって言ったのはこういうことかい。余計なお節介をしてくれたもんだね」

イネが糸を睨んだ。

「い、いいえ。違うんです」

「お黙り。あんたの魂胆はわかっているんだ。けどね、私たち親子は縁を切ったんだよ。あんたが口を出す話じゃないのさ」

イネは銀太の顔を見ないようにしながら、ぴしゃりと言い切った。

「これはこれは銀太先生、遠いところよくお越しくださいました。怪我人はこちらの婆でございます。土間ですっ転んで腕と背中と尻をぶつけて、うんうん唸っております。どうぞ銀太先生のお力で、治してやってくださいまし」

イネが茶化すように言って、銀太と目を合わせずに笑った。

躊躇《ためら》いなく着物を脱いで、皺だらけの背を向ける。

背には、青と黄色のまだらになった大きな痣があった。

「失礼します。怪我を診させていただきますね」

銀太がイネに近づくと、その痣に触れかけてやめた。

しばらく黙り込む。

銀太の肩が細かく震えていた。

「おっかさん」

「……何だって？」

イネが耳を疑うような声を出した。

「おっかさん、痛かっただろうね。こんなに大きな痣ができて。こんなに身体が小さくなって」

銀太が子供のようにしゃくり上げて泣いていた。

「こんなに皺くちゃのみっともない婆さまになっちまって、って続けるつもりかい？」

イネが震える声で、強がりを言う。

「おっかさん、長生きしておくれよ。どんなおっかさんでもいいんだ。ただ痛いこと苦しいこと悲しいことがなく、長生きしてくれたらそれでいいんだ」

「なんだい、気味が悪いね。私はあんたの赤ん坊じゃないんだよ」

そう言ってから、イネははっと口を噤んだ。

「おっかさん、おっかさんはこれまでずっと、私のことを大事に思ってくれていたんですね」

「やめとくれ、やめとくれ、湿っぽいのは嫌いなんだ。お糸が笑っているよ」

イネが糸を指さした。

「私、笑ってなんていませんよ」

糸は慌てて首を横に振った。いつの間にか頰を伝っていた涙がぽとり、と落ちる。

「お糸、あんたまったく余計なことをしてくれたもんだね」

「ごめんなさい」

糸が泣き笑いの表情を浮かべると、イネが大きなため息をついた。

「おっかさん、お糸さんは私たち母子《おやこ》のために、力を尽くしてくれたんです。この世には切ることができない縁があってもいいと、私に教えてくれたんです」

銀太が糸に笑顔で頷いた。

糸も頰を熱くして笑みを返す。

イネは二人の様子を鷹のように鋭い目で、交互に見た。

「そうか、あんたたち、そういうことかい」

いつもの意地の悪い顔でにやりと笑う。

「いきなりどうもおかしいと思ったのさ。若いお二人の気がかりを取っ払うために、早めに面倒くさい年寄りを手なずけておこうって魂胆だね」

「おイネさん、ちょっと待ってくださいな。そんなつもりじゃありませんよ」

糸は仰天して言った。

「熊蔵に振られて寂しくて、焦って身を固めたくなったってわけだ。お糸、あんたを見損なったよ」

「おっかさん！　なんてことを言うんですか！」

銀太が呆気に取られた顔をして、眉をきりりと尖らせた。

「いくらおっかさんでも、そんな物言いは許すことができません！」

「ああ、そうかい。ならあんたとはこっちから縁切りだよ。親でもなけりゃ子でもないね！」

「おイネさん、やめてくださいな」

どうしてこうなってしまうのだ。

頭を抱えたいような心持ちになりながらも、イネの言葉が胸に刺さる。

銀太と想いが通じ合ったことに、胸が震えるほどの喜びを感じていた。銀太と添い遂げることができればどれほど幸せだろうと、心の底から思った。

――けれど私はほんとうに、銀太先生のことを想うことができているのかしら。熊蔵に振られた寂しさを埋めるために、銀太という存在を求めているのではないと、本当に心から言い切ることができるのだろうか。

「おっかさんに何を言われても、私の気持ちは変わりません」

銀太が口元を引き締めた。

「おっかさんに言われて気持ちを変える若者なんていやしないさ。子供ってのは親に反対されると、決まってむきになるんだよ。それで幾年かしたら、おっかさんの言うことがすべて正しかったとわかるのさ」

「いい加減にしてください。もう私は、おっかさんとは――」

銀太が勢いよく立ち上がった。

「銀太先生！」

糸は鋭い声で諌《いさ》めた。

「お静かに。いつも冷静沈着な、銀太先生らしくもありません」

糸の言葉に、銀太がはっと我に返ったように決まり悪そうな顔をする。

「おイネさんの仰ることは、もっともです。お約束は決して忘れていません」

かつて糸はイネに言われていた。

――熊と別れたからといって、銀太に乗り換えることだけは決して許さないよ。

あれは、糸が帷子町へ向かう前に交わした、女と女の約束だ。

今のままではそう思われてしまうのも無理はない。

せっかく銀太とイネが、腹を割って話をすることができたところだ。途切れてしまっていた縁を結び直すことができたところなのだ。

何とかしてこの縁を結びたい。誰もが喜び、誰もが安心できる縁にしなくてはいけない。

「約束？」

銀太が不思議そうな顔をしたが、糸はイネをまっすぐに見て力強く頷いた。

7

長屋の桜の木が朝の陽を透かして、すっかり紅《あか》く色づいていた。

親子三人の分にしては拍子抜けしてしまうくらいちっぽけな荷を積んだ荷車が、右隣の部屋の前に止まっていた。

「お奈々、三太、あなたたちが腰かけるところを探すのはまだよ。まだ荷がいくつも残っているわ」

積み重ねた行李を運びながら糸が言うと、大八車に上がって遊んでいた奈々と三太が、

「はーい、ごめんなさい」ときゃっきゃっと声を上げて飛び降りた。

「お糸さん、何から何まで済まねえな。恩に着るよ」

岩助が荷車に火鉢を載せながら礼を言った。

「いえいえ、お隣さんですもの。このくらい当然です」

糸は気さくに笑った。

「二人とも、いつでも遊びにいらっしゃいね」

「ええ、もちろんですとも。引っ越しが落ち着いたら、早速、三太に字を教えなくてはいけません。その際は、お糸ちゃんのところに毎日のように通わせていただく心づもりです」

「心づもりですっ」

奈々の言葉尻を三太が繰り返す。

「それは楽しみね。毎日のように通ってくれるなら、ついでに近所の子を集めて手習いの教室でもやろうかしら」

「良いですねえ。お糸ちゃんのように綺麗な字を書けるようになりたい人は、老若男女いるに違いありません。試しに、看板を作ってみてはいかがでしょうか？『皆さま、いかがお過ごしでしょうか。このたび、わたくし糸は手習い所を始めることといたしました』なんて、本物のお文を真似した看板を作るのです。それを見た人が、こんな綺麗な字を書けるようになるならと入門を決め、次から次へお弟子が増えて、大判小判がざっくざっくと……」

「さすがお奈々！　その閃《ひらめ》き、使わせてもらうわ」

糸は奈々の頭を撫でてから、その身体を力強く抱き締めた。

「ほんとうに縁切り屋さんは、やめてしまうのですか？」

奈々が糸の着物に顔を埋めたまま訊いた。

「ええ、もう私には何も視えないもの」

あれから暗闇は、何もないただの暗闇となった。

何の気配も感じなくなって初めて、寂しさも覚えた。

「でも、縁切り屋の引き札は、まだたくさん残っています」

「せっかく作ってもらったのに、ごめんなさいね。それは捨てておいてちょうだいな」

「嫌です」

「えっ？」

糸は目を丸くした。

「これから先も、私は気が向いたら誰かにあの引き札を渡します。己の身を腐らせる縁を切りたいと悩んでいる誰かに出会ったら、『この人が必ず力になってくれますよ』と自信を持って、あの引き札を渡します。その際は、どうぞよろしくお願いいたします」

「そんな、私にはもう何も視えないって……」

「視えなくても、お糸ちゃんはお糸ちゃんです。うんと頼もしい、みんなの心の駆け込み寺。縁切り屋さんのお糸ちゃんですよ」

奈々がにんまりと笑った。

「あ、おイネ婆さま。おはようございます。今までたいへんお世話になりました。その小さな二つの可愛らしい巾着袋は、もしかして、もしかして、私と三太へのお餞別《せんべつ》でしょうか？」

「はいはい、そのとおりだよ。相変わらずとんでもなく鼻が利く子だね」

部屋から出てきたイネが苦笑いを浮かべて、小さな巾着袋を振ってみせた。

「これでおとっつぁんに隠れて、甘いもんでもお食べ」

「うわあ、ありがとうございます！」

「ありがとうございますっ」

はち切れそうに銭が詰まった巾着袋を見て、奈々と三太が歓声を上げた。

その巾着袋に、糸はふと思い出す。

懐を探ると三ツ輪の婆さまに貰った、紫色のお守り袋が出てきた。

己の胸の内を変えることができるというお守りだ。

しばしそれをじっと見つめた。

「お糸、あんたほんとうにいいのかい？　三年は長いよ」

燥《はしや》ぎまわる奈々と三太を見つめながら、イネが囁いた。

「ええ、もちろんです。私が、私と銀太先生が決めたことです」

糸は一度、二度、三度。大きく息を吸って、吐いた。

——一は文字どおり一息つく、二は元の己を取り戻す、三で初めてあんたは〝変わる〟のさ。

八卦見のとらに言われた言葉が、思い起こされる。

「三年あれば、生まれたばかりの赤ん坊が喋って走り回るようになる。若い娘が、年増と呼ばれるようになっちまう。年寄りはきっと墓の下だ」

「おイネさんはいつまでも壮健ですよ。そうでなくちゃ困ります」

そして私と銀太先生の祝言を、曇り一つない心で喜んでください。

——三年間、待ちましょう。

そう告げたときの銀太の驚いた顔を思い出す。

三年で、私たちはおそらく大きく変わるだろう。たくさんの人に出会い様々な経験をして、それでもこの想いが変わることがなければ、必ず添い遂げよう。

銀太と、そしてイネと交わした約束だ。

三年の間に、銀太が心変わりをしてしまったらどうしよう。

そう考えるとたまらない不安が胸を過る。

――でも。

糸はそっとお守りを握り締めた。

私がこのお守りに己の胸の内を変えてくれと望むことは、きっとない。

人は必ず変わる。その想いの形も変わり、縁の形も変わっていく。

私はこれから三年の間、銀太と暮らす日を夢見て懸命に生きる。

たとえその先に何が待っていようとも、この想い、このご縁は私たちに必ず前に進む力を運んでくれるはずだ。

「おうい、忘れもんが残っていたよ」

藤吉と志津が、二人揃って岩助たちの部屋から出てきた。二人とも、朝から荷づくりの手伝いをしてくれていたのだ。

志津が黒く汚れたボロボロの人形を差し出すと、奈々と三太が「きゃあ！」と揃って悲鳴を上げた。

「三太、こんな大事なものを忘れるなんて、いったい何を考えているのですか。この人形は、お前のおっかさんがくれた大事なものではないですか」

「ごめんなさい……」

「ああ、危ない危ない。肝が冷えました。藤吉さんとお志津さんに、くれぐれもお礼を言いなさいね」

「藤吉さん、お志津さん、ありがとうございます」

「ほうら、だから言っただろう？　襤褸布なんかじゃねえさ。こいつらの大事な宝物に違いねえってな」

藤吉に得意げに言われて、志津は何とも決まり悪そうな顔をしている。

「よしっ。おイネさん、お糸さん、それに藤吉にお志津さん。達者でな！」

岩助が首に巻いた手拭いで汗を拭きながら、こちらに手を振った。

「皆さま、たくさん、たくさんお世話になりました。ありがとうございます」

「ありがとうございますっ」

荷車に乗り込んだ二人が、小さな紅葉のような掌をぴらぴら振った。

岩助が荷車の取っ手を曳《ひ》いた。

ごとん、と音が鳴って荷車がゆっくりと動き出す。

「わっ！　動いた！　動いたよ！」

三太が叫んだ。

「三太、お前は何を言っているのですか。当たり前でしょう。先に進むには動かなくてはいけません。ずっとここに留まっていて、新しい家に辿り着けるとでも思いましたか」

奈々が嬉しくてたまらない様子で、くつくつと笑い出す。

「お糸ちゃん、またね、またね。またきっとすぐに会いましょうね！」

「もちろんよ！」

私と出会ってくれてありがとう。縁を結んでくれてありがとう。

糸はゆっくりと遠ざかっていく荷車に向かって、いつまでも手を振り続けた。

解説

菊池仁

ヒロイン・糸との縁を結んだ読者の熱い支持を受けて、好評を博してきた「お江戸縁切り帖」シリーズは、本書第五巻『旅立ちの空』をもって完結となる。作者が読者にどんな内容の縁切り状を認《したた》めたのか、興味は尽きない。

作者は、二〇一六年に小説現代長編新人賞を受賞し、文壇にデビュー。この作品が、第七回歴史時代作家クラブ新人賞候補作になり、選考をしていた関係で、早速読んでみた。一読して物語を紡ぎ出す豊かな才能を感じた。算術を題材に、塾の師匠と鎬《しのぎ》を削り切磋琢磨《せっさたくま》する少女たち、算額、大岡越前の量地塾、測量・治水等、興味深い材料を揃《そろ》え、それを読みやすい成長小説というスタイルで展開する着想は、非凡さに溢《あふ》れていた。ただ気になったことがある。作者の登場人物に寄せるやさしい視線は、天性のものだろうと思ったが、人間の業、心の闇や悪行の描写が不足していたため、人物造形に奥行がないことであった。同年は武川佑《ゆう》『虎の牙』、佐藤巖太郎《がんたろう》『会津執権の栄誉』、谷治宇《はるたか》『さなとりょう』といった力作が揃い、新人賞は『虎の牙』になった。

翌年、二作目『髪結百花』が再び候補作に上がった。書き出しを読んで驚嘆した。ヒロイン・梅の吉原《よしわら》に対する嫌悪感を前面に押し出した密度の濃いリアルな描写が続き、重要な舞台となる吉原と梅との距離感が息苦しさを感じるほどの緊迫感をもって迫ってくる。この作品の特徴は、梅の屈折した感情から出発するという着想の捻《ひね》りにある。前作にはなかった人間の業や心の闇が底流に注入されている。勿論《もちろん》、作者の持ち味ともいえる庶民感覚の重視や弱者へ向けるやさしさに満ちた視点は変わりない。梅と吉原の距離感は、吉原の厳しい現実や、その中でひたむきに生きようとする人々との交流を経ることで縮まっていく。この過程で梅は、髪結を自ら進んで選択した職業として受け入れ、自覚を持った働く女性として成長していく。作者はこの作品で職業小説と自らの接点を掘り下げ、働く女性を描き続ける小説作法の確立に邁進《まいしん》していくことになる。

これが弾みとなって、その後に『お江戸けもの医　毛玉堂』、『おっぱい先生』、『江戸のおんな大工』の三作品を発表している。作品領域の拡大を図りつつ、着想に捻りを加えて、固有の職業小説としていることを窺《うかが》い知ることができる。最も分かりやすく体現しているのが『江戸のおんな大工』（改題『おんな大工お峰』）である。職人の世界には現代でも女御法度という理不尽なことが生きている。作者は捻りを加えることで江戸におんな大工を放り込んだ。ヒロイン・お峰は女らしい心配りを活《い》かして、難しい普請をやり遂げる。しかし、それは大工職人として心構えと技術が備わっていることを意味している。決して女だからではないのである。働くことに意味を見出《みいだ》そうとしている現代女性への、作者からのメッセージと言えよう。

二〇二〇年、発行点数と読者数が圧倒的に多い文庫書下ろしシリーズに挑戦した。それがこの「お江戸縁切り帖」シリーズの第一巻『お江戸縁切り帖　雨あがり』である。

同質化に陥っているシリーズものに風穴を開ける可能性を秘めていると判断し、日本歴史時代作家協会のウェブサイトに書評を書いた。まずはそれを紹介する。

《作者が初のシリーズものに挑戦してきた。2019年に『髪結百花』で日本歴史時代作家協会賞新人賞を受賞し、その後、『お江戸けもの医　毛玉堂』、『おっぱい先生』、『江戸のおんな大工』とコンスタントに話題作を連発し、一作ごとに独自の世界観を構築してきた作者が、新たな冒険に踏み切ったのが本書である。

いい出来栄えである。シリーズものとしての期待値大である。題材の選定と舞台装置がうまい。明暦の大火直後の世情を舞台としているのだが、この背景には3・11、自然災害、新型コロナウイルスによる惨状がある。時代性を問題意識の根底に据えて、人と人の「縁」をテーマとしている。それを「縁切り」と裏返ししたエピソードで描いているところに着想の非凡さを窺うことができる。

登場人物の書き分け方も秀逸である。ヒロイン・糸は人生経験は浅いが筆が立ったため縁切り状の代書屋となる。実にうまい設定である。荷は重いが成長の余地を残しておくという仕掛けを施している。奈々の大人びたキャラが全体のトーンをやわらげている。人生経験の豊富なイネの存在が、縁切りの解決法に深みを付加する役割を担っている。感性が柔軟で優しい人柄の若人、生意気盛りの潑溂《はつらつ》とした子供、重しとなる老人がチームとなって事に当たる。シリーズものを成功させる秘訣《ひけつ》の一つは、脇役の役割分担がスムーズに機能することと、スタンスがきちんとしていることである。秀逸と表現したのはこれができているからである。楽しみが増えた》

これを下敷きに本シリーズの特徴と読みどころを紹介する。作者の意気込みを強く感じさせるのは、江戸の町の大半を焼き尽くした明暦の大火から一年後という時代設定である。現代と同じく、明暦の大火後も政治の関心は都市再開発に向けられる。しかし、その裏では厳しい現実に直面している多くの無名の人々が蠢《うごめ》いている。作者はデビュー以来一貫して、義理人情と人の縁を描くことを信条としてきた。義理とは「人の行うべき正しい行い」であり、人情とは「自然に備わる人間の愛情」を示している。人の縁については、著者がシリーズの刊行記念エッセイで次のように書いている。

《誰かと出会うこと。誰かと微笑《ほほえ》み合って束《つか》の間《ま》のときを過ごすことは、私にとって他の何物にも代えがたい嬉《うれ》しいことなのだ。

相手のことをもっと知りたい、自分のことを知ってもらいたい。そう思うとき、この世はまだまだ捨てたものじゃない、という気がする。植物が水を吸うように、身体中《からだじゅう》

にぐんぐん力が漲《みなぎ》っていく》

この信条が最大限に伝わる舞台を設定した。史実の呪縛から解放され、時代小説だからこそ可能な物語を構築することを決意したのである。つまり、過去に仮託して政治の力の届かない人間の所業に光を注ぐことができる手法の開拓といえる。

それをストレートに体現したのが縁切りをテーマにしたことである。何故《なぜ》、縁結びではなく、縁切りなのか。ここに物語作者の原動力である着想の捻りがある。縁切りに立ち会うことは、出会いから縁結びを含め当事者の生きざまに深く入り込むことである。明暦の大火の後だけによりリアルな喜怒哀楽のごった煮ともいえる人生ドラマがそこにある。糸をそのドラマに触れさせることで、連作短編を彩る濃淡のあるエピソードが可能になるという仕組みだ。実に、うまい設定である。

読みどころは、文体にある。大火後の人と景色の情景描写、糸の霊感と独白、含蓄のある科白《せりふ》の多用、この三つの要素が絡み合い、融合し独特の雰囲気を醸し出す。加えて、先の書評でも書いたが、シリーズものでは脇役の存在が成否を決めるといっても過言ではない。要するに配役と役割分担とチームワークのバランスが重要になる。脇役として最も適しているのが老人と子供と小動物である。イネと奈々の秀逸な人物造形と猫の存在がハーモニーを奏で、興趣を盛り上げている。作者の熱心な研究の成果と言えよう。

最終巻には読者の多大な関心が集まっている。糸をはじめ脇を固めてきた登場人物のその後が気になるからだ。第一は、糸の恋の行方である。

　第二は、糸には、縁切り状を送られた相手の胸に残ったものを生霊が現れて教えてくれるという特殊能力が備わっている。

《縁切りを決めた者は、誰もが皆、並みならぬ決意を胸に抱えている。ひとりきりで幾晩も悩み苦しみ続けた末に最後の最後に頭に浮かぶ結論、それが「縁切り」だ》（前掲エッセイ）

　つまり、作者は縁切り状を書く際に、相手の本音を知るための仕掛けを施したわけである。絶妙なアイデアであるが、気になるのはこの生霊の正体である。

　第三は、糸は物心がついてから重い荷物を背負って生きてきた。自分を苦しめてきたルーツ、つまり自分が捨て子であるという桎梏《しっこく》である。何故、捨てたのか。どんな母で、どんな生き方をしていたのか。切実に知りたいと思っている。

　第一章「熊蔵」は、父を思う熊助を悲しませてまで、熊蔵と生きる未来はあり得ない、と決意する場面から始まる。糸は自分が当事者として「縁切り状」を書かねばならない境遇に遭遇したわけである。この設定こそ作者が、シリーズの展開を構想した時の決め球として用意したものと推測する。何故ならばこの体験が成長を促すための通過儀礼となるからだ。それを裏付ける描写がある。

「その人と生きたすべてのときが、もう二度と戻ってこないということなのね。

だから人は上手《うま》く行くはずがないとわかり切った相手だとしても、誰かと縁を切るということに臆病になるのだ」

この内面のつぶやきは、縁切りの意味をより深く理解することができたことを示している。

第一章では生霊の謎も徐々に輪郭を表してくる。

「これまで幼い頃の糸を恐ろしい目で睨《にら》み続け、縁切り屋を始めてからは、縁切り状を書かれた相手の〝生霊〟を見せてきたはずの異形の者が、こんなに優しい光景を見せてくれるなんて」

更に、産みの母親の消息が明らかになる兆しも出てくる。要するに第一章は読者の関心事に答えるための起爆装置の役割を担っている。

第二章「藤吉」は、読者の関心事の一つである、糸の幼なじみで主要人物である藤吉の後日談となっている。藤吉とお志津の恋を、縁切り状を使ってどうやって成就させるのか。

第三章「まじない」は、奇抜な設定の面白さに吸い寄せられていくような独特の味わいを持った一編である。縁切りの的にかけられた八卦見《はっけみ》と縁切り屋という、共に因果な商売をしている二人のやり取りが興味深い。このやり取りを通して生母の輪郭がより明確になってくる。

第四章「あの世の友」は、ファンタジックな清々《すがすが》しい読後感が残る一編となっている。依頼は霊山寺の住職の知り合いの清という娘からで、ほんとうの妹のように可愛《かわい》がっていた猫の真白と縁を切りたいというもの。この依頼の後、住職から母の哀切極まりない話を聞くことになる。

第五章「忘れな草」は、母とは縁を切ったという銀太と、赤ん坊の銀太を捨てて家を出たイネとの確執がテーマとなっている。仲を修復しようとして糸が奮闘する。それにオーバーラップさせる手法で母との別れの様子を描いている。糸が生母と向き合うことができたのは、銀太が背中を押してくれたからで、糸と銀太の気持ちは急接近することになる。

縁切り屋という仕事は糸に大切なものをもたらしてくれた。読者は、縁を何よりも大切にする糸の自立した、眩《まぶ》しいほどの輝きに満ちた姿と出会うことになる。銀太と約束した三年後の糸を見たいと思う。韓国ドラマであったら躊躇《ちゅうちょ》なくシーズン２が制作されるだろう。

読者への縁切りとしては最上の出来栄えの最終巻である。

（きくち・めぐみ　書評家）

本書は、集英社文庫のために書き下ろされた作品です。

集英社文庫

旅立《たびだ》ち空《そら》　お江戸縁切《えどえんき》り帖《ちょう》

2024年5月30日　第1刷　　定価はカバーに表示してあります。

著　者　泉《いずみ》　ゆたか
発行者　樋口尚也
発行所　株式会社　集英社
東京都千代田区一ツ橋2-5-10　〒101-8050
電話　【編集部】03-3230-6095
【読者係】03-3230-6080
【販売部】03-3230-6393（書店専用）
印　刷　TOPPAN株式会社
製　本　TOPPAN株式会社
フォーマットデザイン　アリヤマデザインストア　　マークデザイン　居山浩二

ISBN978-4-08-744654-8 C0193